Barbara Cartland

Rolfe et Zarina

Traduit de l'anglais
par Claude Goubaux

J'AI LU

Titre original :

SAFE IN PARADISE

NOTE DE L'AUTEUR

Les ventes aux enchères ont existé de tout temps.

Chez les Grecs, à l'époque d'Homère, puis tout au long de la chrétienté, l'histoire nous conserve des témoignages sur des ventes aux enchères d'esclaves.

En Amérique, la plus ancienne vente s'est tenue en 1662, à New Amsterdam.

Au cours des siècles, des lois et des règlements ont été promulgués afin de réprimer les fraudes et les abus.

J'ai consulté les archives de la banque Coutts pour savoir quand les premiers chèques ont été mis en circulation, mais il semble difficile d'établir une date avec précision. Les billets à ordre, reconnaissances de dettes et autres titres négociables ont progressivement donné naissance aux chèques eux-mêmes vers le milieu du XVIIIe siècle. Les premiers chéquiers officiels sont apparus aux environs de 1780.

1

1887

Zarina Bryden sauta de la berline qui l'avait amenée de Londres et, impatiente, fébrile, gravit en courant les marches du perron.

Le vieux maître d'hôtel, qu'elle connaissait depuis sa plus tendre enfance, l'attendait dans le hall d'entrée.

— Bienvenue à la maison, Mademoiselle Zarina, ça nous met du baume au cœur de vous revoir ici.

— C'est merveilleux d'être de retour, Duncan, lui répondit-elle.

Elle continua de lui parler pendant quelques instants puis entra dans le salon. Là, elle regarda, tout autour d'elle, les objets familiers qu'elle n'avait pas vus depuis plus d'un an.

Quand son père et sa mère avaient été tués dans un accident de chemin de fer, elle s'était trouvée dans l'obligation de quitter la maison familiale et d'aller vivre à Londres chez son oncle et sa tante. C'était une bonne solution puisqu'elle suivait les cours d'un collège de Knightsbridge. Cette école enseignait l'art de la décoration aux jeunes filles de l'aristocratie. Zarina s'y fit des amies. Quand elle fut en âge d'être une « débutante », elle fut invitée aux réceptions les plus huppées et aux bals les plus prestigieux.

Le succès immédiat qu'elle obtint alors n'était pas pour surprendre. Elle était belle et, de plus, immensément riche. La fille du colonel Harold Bryden, enfant unique, avait hérité d'une fortune considérable. Et sa marraine, une Américaine, Mme Vanderstein, lui avait également légué une très grosse somme d'argent.

Lors du baptême de Zarina, cette amie de sa mère avait fait le voyage d'Amérique en Angleterre. Elle avait reçu de quelque ancêtre un prénom et un peu de sang russes dont elle était très fière et avait insisté pour que sa filleule fût prénommée Zarina[1], comme elle. Bien qu'elle eût été mariée deux fois, elle n'avait pas d'enfant, et à sa mort avait donc laissé tout ce qu'elle possédait à Zarina.

La haute société s'intéressait beaucoup, à cette époque-là, aux héritières américaines. Il n'était donc pas étonnant que Zarina, avec son compte en banque bien garni, attirât l'attention.

De plus, sans conteste, elle était vraiment

1. Ce prénom, qui se prononce Tsarina, veut dire « femme du tsar, impératrice » (*N.d.T.*).

très belle et les jeunes gens qui avaient demandé sa main n'étaient pas seulement fascinés par le monceau de dollars qu'elle possédait.

Maintenant que la « saison » était terminée, Zarina avait décidé de retourner dans le manoir de ses parents, à la campagne. Pour elle, cette demeure avait été, et serait toujours, son vrai foyer.

Elle avait déjà exprimé le désir d'y retourner, mais son oncle et sa tante avaient jugé que c'était prématuré car cela risquait de raviver l'immense chagrin qu'elle avait ressenti à la mort de ses parents.

Comme elle jetait un regard circulaire dans le salon, elle prit conscience de ce que représentait pour elle Bryden House. Elle pouvait presque voir sa mère, assise près de la fenêtre. C'était là qu'elle avait coutume de s'installer pour lire à Zarina les contes de fées qui l'enchantaient quand elle était petite.

Quant aux livres qui remplissaient la bibliothèque, c'était grâce à son père qu'elle avait appris à les aimer. C'était là aussi qu'il lui avait décrit les nombreux pays qu'il avait visités et la fascination qu'ils avaient exercée sur lui.

« Dès que tu seras assez grande, ma chérie, avait-il dit un jour, je t'emmènerai en Égypte pour voir les pyramides et nous irons jusqu'à la mer Rouge par le canal de Suez qui a été ouvert il y a, tout juste dix-huit ans. »

« Oh ! S'il vous plaît, papa, allons-y tout de suite ! » avait-elle supplié.

Il avait fait « non » de la tête. « Tu as encore beaucoup à apprendre ici, avant de partir explorer le monde. Comme je te l'ai souvent répété, j'aime les personnes intelligentes comme ta maman et pas les cervelles d'oiseau que sont souvent les femmes du monde. »

Zarina se rappelait comme il avait été caustique envers les nombreuses coquettes qui avaient du succès à Londres.

Elle avait découvert, en évoluant dans le monde, que ces femmes étaient recherchées par le prince de Galles. Elle avait, bien sûr, été attirée par Son Altesse Royale, toujours extrêmement élégant et fringant. Ses amies s'étaient naturellement empressées de lui dire qu'il ne s'intéressait pas aux jeunes filles et qu'elle ne serait jamais invitée à Malborough House. Cela ne l'avait pas dérangée le moins du monde... Mais elle s'était rendu compte que sa tante Edith, elle, n'aurait pas manqué d'apprécier chaque instant passé en compagnie du prince.

Pourtant, lady Bryden ne manquait pas de relations. Elle connaissait un bon nombre de dames de la haute société car l'oncle de Zarina, le général sir Alexander Bryden, avait commandé la cavalerie de la Maison du Roi, ce qui l'avait rendu *persona grata* dans la plupart des salons. Il inspirait à Zarina un respect mêlé de crainte car elle savait que, puisqu'il était son tuteur, elle ne pourrait se passer de son consentement pour faire ce qu'elle voulait. Elle avait eu bien du mal à le persuader qu'elle pourrait retourner chez elle dès que la « saison » serait terminée.

« Ta tante a quantité de choses à faire à Londres », lui avait-il rétorqué.

« Dans ce cas, oncle Alexander, nous pourrions descendre à Bryden House, vous et moi, pour quelques jours. Je dois aller voir ce qui se passe là-bas. Après tout, depuis la mort de mon père, je suis responsable des gens du village aussi bien que de ceux qui travaillent sur le domaine. »

Elle laissait entendre que c'était son devoir d'y aller, sachant que c'était un argument auquel son oncle serait sensible.

En conséquence de quoi, il avait fini par accepter en disant :

« Très bien, Zarina, nous partirons jeudi et y resterons environ une semaine. J'essaierai de convaincre ta tante de venir avec nous mais je sais qu'elle doit assister à plusieurs réunions de son comité. »

Lady Bryden consacrait en effet beaucoup de temps aux bonnes œuvres, ce qui lui permettait d'entrer en contact avec les duchesses les plus en vue et avec certains membres de la famille royale.

En regardant le salon, les meubles, les objets qui l'entouraient, Zarina ressentit si fort la présence de sa mère que c'était presque comme si elle avait pu lui parler. Elle s'était attendue, en revenant chez elle, à éprouver cette sensation et ne chercha pas à l'éviter.

Elle sursauta quand elle entendit la voix de Duncan :

— J'ai pensé, Mademoiselle Zarina, que vous aimeriez que le thé soit servi dans la bibliothèque, comme vous en aviez l'habitude au bon vieux temps.

— Bien sûr, cela me ferait grand plaisir, Duncan, répondit Zarina. C'est très gentil d'y avoir pensé.

Elle retira son chapeau, son manteau de voyage et les lui tendit.

— Ma femme de chambre fait le trajet dans le break avec le valet du général. J'espère que Mme Merryweather va venir me voir.

— Elle attend qu'on l'appelle, Mademoiselle Zarina. Elle est impatiente de vous revoir, tout comme Cook et aussi, bien sûr, Jenkins aux écuries.

— Je veux voir tout le monde ! dit Zarina en souriant. Duncan, c'est si merveilleux de se retrouver à la maison ! Vous m'avez tous manqué. Tout comme me manquent papa et maman.

Les larmes lui vinrent aux yeux tandis qu'elle prononçait leur nom. Duncan lui tapota l'épaule, comme il avait l'habitude de le faire quand elle était enfant.

— Essayez de ne plus y penser, Mademoiselle Zarina. Monsieur aurait aimé que vous soyez courageuse et vous avez beaucoup de choses à faire maintenant que vous êtes revenue chez vous.

Zarina essuya ses larmes.

Ils empruntèrent le couloir qui menait à la bibliothèque. C'était une belle pièce flanquée d'une galerie avec une rampe de cuivre le long de l'un des murs. On atteignait celle-ci par un escalier en colimaçon. Zarina adorait y monter quand elle était enfant. Elle pensa qu'elle le ferait quand elle serait toute seule.

Duncan avait servi le thé devant la cheminée. Comme c'était l'été, des fleurs remplaçaient le feu dans l'âtre.

— Je me demande dans combien de temps le général sera là, Mademoiselle Zarina. S'il arrive, j'irai chercher une autre tasse.

— Il vient par le train et devrait être ici vers six heures et demie, à temps pour le dîner. Dites à Jenkins d'aller le chercher à la gare.

— Très bien, Mademoiselle Zarina. Est-ce que lady Bryden sera avec lui ?

— Non. Ma tante avait des obligations à Londres, expliqua Zarina.

Elle sourit au vieil homme :

— J'aurais préféré être ici toute seule. Je suis sûre que Jenkins a bien pris soin de monter les chevaux à ma place.

— Pour ça oui, Mademoiselle Zarina. Et il les a bichonnés jusqu'à ce que leur robe brille comme du satin.

Zarina sourit. Elle comprenait que tout avait été fait pour rendre son retour le plus heureux possible.

Bien qu'habitant Londres, elle était restée en contact avec Bennett, l'intendant du domaine. Son père avait toute confiance en lui et elle savait qu'elle pouvait continuer à faire de même. Bennett lui avait écrit chaque semaine pour lui dire ce qui s'était passé dans le village. De son côté, elle envoyait des lettres à ceux qui fêtaient leurs noces d'or et faisait parvenir des cadeaux à ceux qui se mariaient. Elle adressait également des félicitations pour les naissances et avait donné à Bennett l'ordre d'augmenter les gages de ses employés. Elle en avait les moyens et voulait que le domaine restât aussi beau que son père l'avait laissé, et même davantage, si possible...

S'étant assise pour prendre son thé, elle demanda des nouvelles des gens dont elle se souvenait. Elle commença par le pasteur, qui avait été son directeur de conscience et un véritable ami.

— Le révérend est toujours le même, lui dit Duncan. Il a vieilli et ses cheveux grisonnent, mais sa bonté est toujours égale à elle-même.

Il se tut quelques instants, avant d'ajouter:

— Il a quelques ennuis avec son fils... mais M. Bennett vous en parlera.

— Je me rappelle, en effet, que Walter avait trois emplois différents l'année dernière, répondit Zarina, mais il a dû se fixer maintenant.

Duncan hocha la tête:

— On ne peut jamais être sûr, avec M. Walter.

Ils parlèrent de la famille du pasteur pendant un moment puis Zarina s'enquit du docteur, de ses enfants et des gens qui tenaient l'échoppe du village. Elle fut bien aise d'apprendre qu'ils allaient tous bien et qu'il y avait peu de changements.

Ayant terminé son thé, elle laissa Duncan débarrasser et monta à l'étage. Elle pouvait entendre sa femme de chambre et Mme Merryweather qui papotaient.

Elle alla dans l'appartement des « maîtres ». C'est là que se trouvait la chambre de ses parents.

Elle ouvrit la porte et fut immédiatement sensible à l'odeur de fleurs séchées et de lavande. Une fois de plus elle eut l'impression que ses parents étaient là, en train de l'attendre.

Les rideaux étaient fermés et elle les ouvrit pour laisser entrer les rayons du soleil. Son regard se porta sur le lit à colonnes. Combien de fois ne l'avait-elle pas escaladé pour s'allonger à côté de sa mère en lui demandant de raconter une histoire.

C'était difficile de revenir ici et de ne pas y retrouver ses parents. Pourtant, il fallait bien s'y résigner. Elle sentait qu'elle avait trop longtemps négligé les gens qu'elle employait et qui l'aimaient parce qu'elle était la fille de la maison.

Quoi que puissent dire oncle Alexander et tante Edith, je resterai ici, au moins pendant l'automne, pensa-t-elle.

Vivre à Londres avait été passionnant, elle ne pouvait le nier. Le fait qu'elle y ait remporté un tel succès avait également été très exaltant. Cependant, il lui était impossible de ne pas remarquer, quand elle entrait dans une salle de bal, que les douairières se chuchotaient les unes aux autres : « *Celle-là*, c'est l'héritière. »

La même scène se répétait quand elle se rendait à une soirée, un déjeuner ou une réception.

Cela la gênait, et elle avait beau essayer de ne pas y prêter attention, elle ne pouvait ignorer le fait que son argent la cataloguait, lui collait une étiquette. Elle ne pouvait y échapper.

Comme elle était intelligente, elle se disait que cela ne devait pas être une barrière entre elle et les autres. Cependant, elle était sur ses gardes dès qu'un jeune homme l'attirait dans le jardin et lui avouait : « Je vous aime, Zarina, et je veux faire de vous ma femme. »

Comme toujours cela était dit avec un tel accent de sincérité... Aucun doute, il était très amoureux.

Et puis, Zarina apprenait que le jeune homme en question était couvert de dettes... Ou bien qu'il était le fils d'un éminent aristocrate et que son frère aîné toucherait seul tout l'héritage.

Mais surtout, bien qu'elle essayât de s'en empêcher, elle trouvait suspecte toute demande en mariage faite dans un délai trop bref après la première rencontre. Pourquoi une telle hâte, si ce n'est que le soupirant en voulait à son argent ?

Pourquoi n'attendait-il pas qu'ils deviennent d'abord amis ? Ils pourraient ainsi s'assurer qu'ils étaient réellement amoureux l'un de l'autre.

Il y avait une seule réponse à cela : les soupirants trop empressés avaient peur qu'un rival ne les coiffe au poteau et ne s'approprie sa fortune avant eux.

Supposons que je sois sans le sou. Je me demande ce qui se serait passé, se demanda-t-elle en revenant d'un grand bal où elle avait reçu trois demandes en mariage. Elle connaissait la réponse et il n'y avait pas de quoi pavoiser...

Maintenant, alors qu'elle ouvrait la fenêtre de la chambre de ses parents, elle se sentit réconfortée d'être chez elle. Les gens d'ici l'avaient aimée avant qu'elle ne soit riche et ils ne l'aimeraient pas plus parce qu'elle avait un monceau de dollars sur son compte en banque.

Elle jeta un regard sur le parc, avec son gazon bien vert et ses plates-bandes de fleurs multicolores. Au-delà se dressaient les arbres où elle avait grimpé dès qu'elle avait été assez grande pour le faire.

Comme je l'aime, ce jardin ! J'aime chaque brin d'herbe, chaque oiseau, chaque abeille qui butine les fleurs, pensa-t-elle. Je suis à la maison, *ma* maison ; et personne ne me retirera cela !

Elle resta un long moment dans la chambre de ses parents puis elle se rendit dans la pièce voisine, le boudoir qui renfermait bon nombre des objets préférés de sa mère, ceux qu'elle appelait ses « trésors ».

Il y avait des bibelots de porcelaine dont elle lui avait raconté l'histoire. Sur les murs étaient accrochés des tableaux offerts par son mari qui connaissait son goût pour les peintres français. Il y avait aussi un choix de livres qu'elle lisait et relisait parce que, disait-elle, ils l'inspiraient.

Je ferai de même, se promit Zarina.

Un peu plus tard elle entendit, à l'extérieur, une voiture s'arrêter et comprit que son oncle était arrivé. Elle aurait aimé qu'il ne vienne pas et rester ainsi seule.

Quand elle avait suggéré qu'il n'était pas nécessaire qu'il quitte Londres à cause d'elle, sa tante, horrifiée, avait dit :

« Mais, tu n'y penses pas, il faut que tu sois chaperonnée ! »

« Certainement pas quand je suis dans ma propre demeure », avait répondu Zarina.

« Tu n'es pas une enfant aux bons soins d'une nurse, avait sévèrement répliqué tante Edith. Tu es une jeune femme. Si un homme te rendait visite sans que tu aies de chaperon, il serait incorrect de lui adresser la parole. »

Cela ne servait à rien de discuter et Zarina avait accepté l'inévitable.

Et maintenant son oncle était là.

Elle pensa qu'il allait, d'une certaine façon, assombrir l'atmosphère de la maison et la joie qu'elle éprouvait à se retrouver chez elle.

Depuis le premier étage, elle entendit sa voix, forte et dominatrice, provenant du hall. Elle entra dans sa chambre, y trouva Mme Merryweather qu'elle embrassa affectueusement.

— Quelle joie de vous revoir, Mademoiselle Zarina ! s'exclama Mme Merryweather.

— C'est merveilleux d'être dans sa maison et de la trouver tenue aussi parfaitement qu'autrefois, répondit Zarina. Je vous en suis très reconnaissante.

— Nous avons fait de notre mieux, dit Mme Merryweather avec une satisfaction évidente. De vous avoir parmi nous va nous rappeler le bon vieux temps.

Les femmes de chambre avaient préparé un bain devant la cheminée. Zarina se plongea dans l'eau chaude qui avait été montée à l'étage par deux valets, dans des brocs de cuivre bien astiqués. Elle faisait comme si elle n'avait pas grandi, comme si elle était encore une enfant. Elle s'attendait à entendre Nanny lui dire : « Allons-y, lambine, c'est l'heure de se coucher ! »

Au lieu de cela, elle enfila une des très jolies et très coûteuses robes que sa tante avait choisies pour elle dans Bond Street et descendit au salon.

Elle n'y était que depuis quelques minutes quand son oncle apparut. Vêtu d'un costume sombre, il était très élégant. Ses cheveux gris, qui commençaient à se raréfier, étaient méticuleusement brossés en arrière. Il était, selon les mots de son valet, « tiré à quatre épingles ». Zarina savait qu'il exigeait le même aspect soigné des troupes qu'il commandait.

— Me voici enfin, Zarina, dit le général en s'avançant vers elle. Comme on pouvait s'y attendre, le train avait du retard... !

— Cela me fait grand plaisir de vous voir,

oncle Alexander, dit Zarina en l'embrassant. Duncan a mis au frais une bouteille de champagne pour fêter mon retour.

— Du champagne ? Hé ! Hé ! Je ne dis pas non après ce voyage inconfortable et fatigant. Les gens s'extasient sur la commodité du chemin de fer mais, moi, je préfère mes chevaux.

— Moi aussi, dit Zarina en souriant. Nous n'avons mis qu'un peu plus de trois heures pour venir jusqu'ici et ce fut un beau voyage à travers la campagne.

Pendant le dîner, ils parlèrent du domaine et le général déclara :

— Nous irons visiter les fermes demain et voir si les arbres arrachés, pendant les orages de l'hiver dernier, ont été déblayés.

— Je suis sûre que nous trouverons tout exactement comme nous le souhaitons, dit Zarina. Bennett est très compétent et efficace dans son travail.

— Peut-être, mais c'est toujours une erreur de ne pas inspecter ses propriétés jusqu'au plus petit recoin, et c'est ce que nous ferons, ma petite, avant de retourner à Londres.

Il se passa un court moment avant que Zarina n'ose dire :

— Je pensais justement, oncle Alexander, que j'aimerais rester ici au moins jusqu'à l'hiver. Après tout, c'est ma maison et, si vous-même et tante Edith tenez à ce que j'aie un chaperon, peut-être qu'une de mes anciennes institutrices pourrait venir habiter avec moi.

Pendant quelques instants le général ne

répondit pas. Il but quelques gouttes du bordeaux que Duncan lui avait versé, avant de dire :

— Il y a une chose, ma petite, dont je veux te parler, après le dîner.

A son ton, Zarina comprit que c'était un sujet qu'il ne souhaitait pas évoquer devant les domestiques. Elle redouta d'apprendre ce qu'il avait à lui dire...

Pendant qu'ils parlaient de choses et d'autres, elle se promit de ne pas se laisser dissuader de faire ce qu'elle voulait. Et ce qu'elle souhaitait, c'était rester chez elle.

Quoi qu'il en soit, il fallait bien compter deux mois avant que ne débute vraiment ce qui était considéré comme la « saison d'hiver ». Cela ne pouvait pas se faire avant le retour de la reine de Balmoral, qui coïnciderait aussi avec le moment où la plupart des hommes, partis chasser la grouse en Écosse, reviendraient à Londres.

Je préfère me promener à cheval sur mes propres terres plutôt que d'aller au petit trot me montrer dans Rotten Row[1], pensait Zarina.

Elle avait cependant le sentiment que son oncle allait repousser toute suggestion venant de sa part. Il exigerait qu'elle lui obéisse.

Je ne le ferai pas, se dit-elle avec indignation.

1. Célèbre allée cavalière de Hyde Park où il était de bon ton de se montrer comme le faisaient, à la même époque, les Parisiens au bois de Boulogne. (*N.d.T.*).

C'est vrai qu'il est mon tuteur mais c'est *mon* argent que je dépense et je dois avoir le droit de faire ce que je veux.

Elle était cependant pleine d'appréhension.

Lorsqu'ils eurent fini leur café et que le général eut avalé un petit verre de porto, ils quittèrent la salle à manger. Il exprima le désir qu'elle ne le laisse pas seul comme l'auraient exigé les convenances.

Il le dit d'une telle façon que Zarina se demanda s'il ne la soupçonnait pas de vouloir s'esquiver en montant se coucher.

Je suis vraiment fatiguée, se dit-elle, comme ils entraient dans le salon. Je n'ai aucune envie de discuter avec oncle Alexander dès la première nuit que je passe à la maison.

Duncan avait allumé les chandeliers de cristal, ce qui donnait beaucoup d'allure et de charme à la pièce et la rendait très agréable.

Si seulement son père et sa mère étaient là, comme ils auraient été heureux tous ensemble. Elle se rappelait comme son père riait quand elle racontait quelque chose. Comme sa mère la regardait avec amour. Elle savait combien elle comptait pour eux deux.

Le général alla se placer devant la cheminée.

A l'expression de son visage, Zarina sentit qu'il allait lui faire un discours, et peut-être même une remontrance. Elle essaya de se rappeler si elle avait fait quelque chose de mal mais rien ne lui vint à l'esprit.

Elle s'assit sur un canapé à quelques pas de

lui, dans une attitude modeste, les mains sur ses genoux.

— Une des raisons pour lesquelles je ne t'ai pas accompagnée quand tu as quitté Londres, Zarina, commença le général, c'est que j'avais un rendez-vous important qui concerne ton avenir.

— Qui concerne mon avenir, oncle Alexander ! s'exclama Zarina.

En un éclair, elle eut tout à coup l'idée qu'il avait été contacté par un des hommes qui l'avaient demandée en mariage, la nuit précédente, au bal donné par la duchesse de Devonshire. Cette réception avait été grandiose.

Le fait de recevoir cette invitation avait fait immensément plaisir à sa tante. Devonshire House se trouvait sur Piccadilly. Avec ses grilles à flèches dorées, ses jardins qui descendaient jusqu'à Berkeley Square, c'était une des demeures les plus remarquables de Londres. Comme l'étaient d'ailleurs ses propriétaires... La duchesse était d'une grande beauté et quand elle recevait, personne ne refusait ses invitations.

« Tu ne t'ennuieras pas un instant, avait dit lady Bryden, tout excitée, quand l'invitation était arrivée. Bien sûr, il te faut une nouvelle robe même si tu en as plusieurs que tu n'as encore jamais portées. »

Zarina pensait que c'était inutile. Ce n'était pas en raison de la dépense, mais cela lui faisait mal au cœur de perdre le temps nécessaire aux essayages alors qu'elle aurait préféré monter à cheval ou se promener en voiture dans le parc.

Cependant, pour faire plaisir à sa tante, elle s'était rendue dans la boutique la plus chère de Bond Street. La robe qu'elles avaient achetée était certainement la plus belle qu'elle ait jamais possédée. Elle était blanche, bien sûr, puisque aucune « débutante » n'aurait osé porter une robe de couleur. Avec des broderies de perles et de diamants. Elle mettait en valeur sa taille exceptionnellement fine. Elle faisait aussi parfaitement ressortir la blondeur dorée de sa chevelure ainsi que l'éclat laiteux de son teint.

Quand elle arriva au bal avec sa tante, toutes deux étincelantes de diamants, elle ne fut pas surprise d'y faire sensation, bien que l'assistance fût composée de personnes d'un rang social bien plus important que le leur.

Zarina fut assiégée par les danseurs. Quand elle quitta le bal, aux premières heures du jour, elle avait reçu deux demandes en mariage de nouveaux prétendants. Elle trouvait difficile de leur dire « non » brutalement et plus encore d'échapper à leur insistance. C'est pourquoi elle avait pris l'habitude de leur répondre qu'ils devaient « parler » à son oncle. Et comme son oncle était assez imposant et intimidant, cela s'était avéré très efficace.

Les uns après les autres, les jeunes gens quittaient la maison de Belgrave Square avec ce que son oncle appelait « l'oreille basse ».

« Je sais tout de ce jeune prétentieux qui est venu me voir ce matin, avait-il coutume de dire à Zarina. Endetté jusqu'au cou et une histoire de famille que je ne souhaiterais pas à mon pire ennemi. »

« Merci, oncle Alexander, de votre intervention, répondait Zarina. Je n'arrive pas à leur faire comprendre que je n'ai aucune envie d'épouser qui que ce soit. »

« Tu as fait exactement ce qu'il fallait, en me l'envoyant. »

Zarina pensait qu'il était, en fait, un excellent « chien de garde ». S'il l'avait su, sir Alexander n'aurait sans doute pas vraiment considéré cela comme un compliment !

Pour l'heure, comme aucun des deux hommes qui avaient demandé sa main ne l'attirait, elle n'avait vraiment aucune envie de les revoir.

— Tu seras peut-être surprise d'apprendre que mon visiteur, qui est arrivé environ une demi-heure après ton départ, était le duc de Malnesbury, dit le général.

Zarina se demanda en quoi cela pouvait bien la concerner.

— Je le connais depuis de nombreuses années, continua le général. En fait nous servions dans le même régiment avant qu'il n'hérite le titre. Quand il me demanda de le recevoir, je n'avais pas idée de l'objet de sa requête.

Zarina, tout en écoutant, pensait que son oncle mettait bien du temps pour aborder le sujet. Elle ne voyait toujours pas où il voulait en venir, et en quoi le duc pouvait la concerner.

— Ce que Malnesbury est venu me demander, très correctement, et les jeunes gens feraient bien de suivre son exemple, dit lentement le général, comme s'il réfléchissait à chaque mot, c'est l'autorisation de te faire la cour.

Zarina regarda son oncle d'un air ahuri.

— Faire la... cour, répéta-t-elle. Que veut-il dire par là ?

— Cela veut dire, ma petite, comme tu pourrais t'en douter, que tu as le grand honneur que Sa Grâce désire t'épouser.

Pendant un moment, Zarina resta sans voix. Puis après quelques instants, elle dit :

— M'épouser ? Mais... il est... très vieux !

— Malnesbury doit avoir un peu plus de cinquante-cinq ans mais il est en bonne santé, répondit le général. C'est un sportif qui passe la plus grande partie de sa vie à la campagne.

— Je me rappelle avoir échangé quelques mots avec lui à la soirée de lady Coventry, mercredi dernier, dit Zarina. Je pense que j'ai dansé avec lui, lors d'un bal très ennuyeux auquel nous sommes allés à Grosvenor Square, mais à part cela, je ne lui ai jamais parlé. J'espère seulement que vous lui avez expliqué que cette idée était totalement impensable.

— Impensable ? s'exclama le général. Sais-tu bien ce que tu dis ?

— Bien sûr que je le sais, répliqua Zarina, et entre nous, mon oncle, je pense que c'est plutôt déplacé de la part d'un homme de son âge, presque assez vieux pour être mon grand-père, de proposer une chose aussi ridicule.

— Tu ne sais pas ce que tu dis, répondit sèchement le général. Malnesbury n'est peut-être pas un jeune homme mais il est veuf depuis cinq ans et n'a pas d'héritier.

Il s'arrêta, la regarda en fronçant les sourcils avant de continuer :

— En fait, je crois savoir qu'il a cinq ou six filles mais pas de fils.

— Je ne me sens pas concernée par ce qu'il a ou n'a pas, dit Zarina, et si vous essayez de l'encourager, oncle Alexander, vous vous trompez lourdement. Je n'épouserais pas le duc, fût-il le dernier homme sur terre !

— Mon Dieu, ma pauvre fille ! Es-tu folle ? demanda le général, en colère. La plupart des jeunes femmes considéreraient comme une chance que le duc de Malnesbury daigne seulement les regarder.

Il en bafouillait presque en continuant :

— Il veut que tu sois sa femme. *Sa femme*, petite sotte ! Cela veut dire que tu seras duchesse et que tu auras le titre de dame d'atour de Sa Majesté.

Zarina crispa nerveusement ses mains l'une contre l'autre.

— Tout ce que je peux dire, oncle Alexander, c'est que si vous encouragez le duc à penser que je pourrais envisager un mariage avec lui, vous vous trompez. Comme je vous l'ai déjà dit, je ne l'épouserais pas, même s'il était le dernier homme au monde !

— Tu fais une erreur, et une lourde erreur ! dit lentement le général. J'ai dit au duc que je regardais d'un œil favorable sa proposition et que, non seulement il pouvait te faire la cour, mais encore que j'acceptais de tout cœur qu'il soit ton futur mari.

Zarina retint son souffle. Elle se rendait compte, à la voix de son oncle, qu'il voulait lui imposer sa volonté. Elle était consciente aussi du fait qu'elle allait devoir se battre pour son propre salut.

— Vous trouverez peut-être cela... difficile à... comprendre, dit-elle, mais je n'ai pas le moindre désir de devenir duchesse, ni d'épouser un homme que je n'aime pas. Comment pourrais-je aimer quelqu'un... comme le duc... qui pourrait être mon grand-père ?

— C'est stupide et ce n'est pas vrai... commença le général.

— Stupide ou pas, l'interrompit Zarina, je ne l'épouserai pas et si vous l'avez accepté comme prétendant, vous n'aurez qu'à lui dire que vous vous êtes trompé.

Il y eut un moment de silence. Puis il dit, du ton dont il se serait adressé à un jeune conscrit récalcitrant :

— Tu m'obéiras parce qu'en la matière tu n'as pas le choix.

— Que voulez-vous dire ? demanda Zarina.

— Tu es ma pupille et jusqu'à ce que tu aies vingt et un ans, tu dois m'obéir parce que telle est la loi.

— Vous ne pouvez pas m'obliger à épouser quelqu'un si je ne le souhaite pas.

— Tu l'épouseras, dit le général, dussé-je te traîner de force à l'église.

Soudain, la voix du général se fit péremptoire et il dit avec colère :

— Pour qui diable te prends-tu pour refuser un homme aussi important que le duc ? Tu as de l'argent, et je ne dis pas que le duc n'y voie pas là un avantage qui arrive à point nommé, mais, en même temps, il est tombé amoureux de toi, petite idiote !

Il lui lança un regard furibond avant de continuer :

— Il se pâmait devant ta beauté et ton charme ! En l'écoutant, je ne pouvais m'empêcher de penser qu'il n'y avait pas, dans tout le pays, une jeune femme qui ait plus de chance que toi.

— De la chance !... Est-ce une chance de me voir mariée à un vieil homme que je n'aime pas quand j'ai le choix parmi un bon nombre de charmants et adorables jeunes gens ?

— Parlons-en ! Qui sont-ils, jusqu'à présent ? demanda le général. Un tas de bons à rien couverts de dettes.

— Ce n'est pas totalement vrai, protesta Zarina. De toute façon, quand je me marierai, ce sera avec un homme que j'aimerai et qui m'aimera pour moi-même.

Le général éclata d'un rire sarcastique :

— Crois-tu vraiment possible, avec tout l'argent que tu possèdes, de trouver un homme réellement désintéressé qui t'aimera pour toi-même ? Si tu le crois, tu rêves... Les hommes ont les pieds sur terre. Ils épousent un blason, des terres ou une fortune.

Il s'arrêta quelques instants avant de continuer :

— Tu as de l'argent, mais bien que tu sois d'une famille honorable et respectable du comté, tu peux difficilement prétendre être l'égale du duc de Malnesbury.

Il reprit sa respiration et continua :

— Ce que tu dois faire, c'est te mettre à genoux et remercier Dieu que quelqu'un d'aussi éminent veuille bien de toi pour femme.

— Quoi que vous puissiez dire, je ne l'épouserai pas.

Terrorisée par son oncle, Zarina était très pâle et ses mains tremblaient. Cependant, elle était bien décidée à ne pas céder.

— Vous pouvez toujours parler, dit-elle, je ne vous écouterai pas. Laissez-moi vous dire maintenant, et pour la dernière fois que je n'épou-se-rai-pas-le-duc.

— Si tu crois que tu peux me tenir tête, tu te méprends complètement, dit le général, furieux. Tu as été gâtée, parce que tu étais enfant unique, et il est temps qu'on te corrige pour t'apprendre à obéir.

Une expression de rage se lisait sur son visage, alors qu'il poursuivait :

— Je ne parle pas à la légère quand je dis que je le ferai si tu essaies de me désobéir. Quand nous retournerons à Londres, tu te rendras compte que j'agis pour ton bien et pour celui de la famille. Je n'accepterai aucune discussion à ce sujet. Tu épouseras Malnesbury.

— Je ne l'épouserai pas... Jamais ! répliqua Zarina.

Elle se leva d'un bond. Son oncle avait l'air si menaçant qu'elle pensa qu'il serait bien capable de la frapper et elle courut jusqu'à la porte. Elle l'ouvrit, se retourna et constata qu'il ne l'avait pas suivie, comme elle l'avait craint.

— Je vous hais, dit-elle. Si papa était vivant, il ne vous laisserait pas me brutaliser ainsi... !

Sur ces mots, elle sortit de la pièce et claqua la porte. Puis elle monta, en courant, jusqu'à sa chambre comme si c'était le seul endroit au monde où elle pût chercher refuge.

2

Zarina se tourna et se retourna dans son lit toute la nuit sans parvenir à trouver le sommeil. Elle était obsédée par la menace que représentait pour elle ce vieux duc grisonnant, balourd, ennuyeux, qu'elle trouvait répugnant.

Au lever du jour, elle était au bord de la crise de nerfs. Sachant que la seule façon de se calmer était d'aller faire un tour à cheval, elle se leva avant l'arrivée de sa femme de chambre et s'habilla. Puis elle descendit par un petit escalier dérobé afin que les femmes de service qui travaillaient dans le hall ne la voient pas.

Arrivée presque en bas, elle vit Bennett entrer par une porte de côté et pénétrer dans son bureau. Bien qu'ayant hâte de le voir, elle n'avait, à ce moment-là, aucune envie de parler à quiconque. Et puis elle ne voulait pas qu'on lui fasse un rapport enthousiaste sur la bonne marche du domaine, car, si son oncle parvenait à ses fins, elle serait rapidement expédiée vers le château ducal dans le Lincolnshire.

Elle entendit Bennett fermer la porte de son bureau, se glissa jusqu'à l'autre porte par laquelle il venait d'entrer et s'esquiva. Les écuries n'étaient pas loin. Ainsi qu'elle l'espérait, elle y trouva Jenkins qui s'était occupé des chevaux de son père depuis toujours.

Dès qu'il l'aperçut, il la salua.

— Comment allez-vous, Mademoiselle Zarina ? Ça fait un bon bout de temps que vous avez pas monté les chevaux.

— Je le sais bien, Jenkins, répondit Zarina. J'attends cela depuis longtemps, avec beaucoup d'impatience. Comment vont-ils ?

— Ben, vous avez qu'à venir les voir, dit fièrement Jenkins.

Elle entra dans les écuries et commença à circuler de stalle en stalle. C'était évident, les chevaux étaient en bonne forme. Elle savait bien qu'il n'existait pas de meilleur palefrenier que Jenkins.

— Selle-moi *Kingfisher*, je veux aller galoper dans mes endroits préférés.

— Je me doutais que vous alliez me dire ça, Mademoiselle Zarina, assura Jenkins d'un ton satisfait.

Il alla chercher une sangle et une bride pour *Kingfisher* et, tout en les installant sur le cheval, il conseilla :

— N'allez pas vous promener vers le prieuré aujourd'hui, Mademoiselle Zarina, ça ferait que vous embêter.

— M'embêter ? s'exclama Zarina. Pourquoi cela ?

Jenkins finit d'attacher la sangle et la bride avant de dire :

— Va y avoir une vente aux enchères, là-bas, aujourd'hui.

— Une vente ? dit Zarina. Quelle vente ? De quoi parles-tu ?

Jenkins la regarda d'un air surpris :

— Vous voulez dire que vous avez pas entendu parler de ce qu'est arrivé ?

— Je n'ai rien entendu dire et Bennett ne m'a pas du tout parlé du prieuré dans ses lettres.

Tout en parlant, elle songeait que Bennett n'avait pas de raison de lui en parler puisque ses missives n'avaient strictement pour sujet que son domaine à elle, sa maison et son village. Le prieuré, qui appartenait au comte de Linwood, était le domaine voisin et se trouvait à environ trois kilomètres de l'autre côté des champs.

— C'est une triste histoire, dit Jenkins. S'il avait su ce qui se passerait, pour sûr que feu M. le comte se serait retourné dans sa tombe.

— Mais que se passe-t-il donc ? insista Zarina.

— Eh bien, M. le comte n'allait pas bien, commença Jenkins, et M. Darcy commençait à avoir des ennuis à Londres.

Bien sûr, Zarina se souvenait du vicomte de Linwood. Quand elle était petite, les vieux du domaine l'appelaient toujours « Maître Darcy », de la même façon qu'ils appelaient son frère « Maître Rolfe ». Les deux garçons étaient un peu plus âgés qu'elle mais, comme son père et sa mère étaient de proches amis du comte de Linwood, elle avait souvent l'occasion de les rencontrer.

— Qu'est-ce qui est arrivé à M. Darcy ? demanda-t-elle.

— Nous savions tous qu'il était toujours sur un mauvais coup ou sur un autre, répondit Jenkins, et quand il venait à la maison, M. le comte et lui se disputaient à ce sujet.

Pour Zarina, ce n'était pas une surprise. Darcy avait toujours été extrêmement beau garçon. Déjà quand elle était adolescente, elle avait entendu sa nourrice et sa gouvernante discuter de ses folles dépenses et de ses affaires de cœur.

— Tout cela s'est mal terminé, il y a deux mois, continua Jenkins. Personne ne sait exactement ce qui s'est passé sauf que le bruit court que M. Darcy était menacé d'être jeté en prison.

— En prison ! s'exclama Zarina. Mais c'est impossible ! Cela n'a pas pu... vraiment arriver...

— Moi, je pense que ce serait arrivé, répliqua Jenkins, si y avait pas eu ce qu'on a appelé dans les journaux « un accident avec son fusil ».

Les yeux écarquillés, Zarina le regarda d'un air hébété. Puis, elle demanda, dans un murmure :

— Tu veux dire que M. Darcy s'est tué ?

Jenkins acquiesça d'un signe de tête.

— C'est ce que tout le monde pense. Et ça a achevé M. le comte. Il a eu une attaque quand il a appris la chose et il ne s'en est jamais remis. Le docteur a rien pu faire pour lui.

— Quelle horreur ! s'exclama Zarina. Je n'étais pas du tout au courant de tous ces malheurs.

— C'était dans les journaux, dit Jenkins.

Zarina se sentit coupable. Tout occupée qu'elle avait été à répondre à ses nombreuses invitations et à se distraire, elle n'avait pas lu le *Times* ou le *Morning Post* très attentivement bien qu'elle eût toujours pu les trouver dans le bureau de son oncle.

Elle pensa que ce dernier avait, sans aucun doute, été au courant de tous ces faits mais ne l'en avait pas informée. Peut-être avait-il pensé qu'elle serait bouleversée par la nouvelle de la mort d'un des plus vieux amis de son père.

Elle réfléchit et dit :

— Tu viens bien de dire qu'une vente va avoir lieu ?

— M. Rolfe est revenu de quelque part en Orient où il se trouvait quand M. le comte a passé. Je comprends, d'après ce qu'on dit, que pour faire face aux dettes de M. Darcy il va tout vendre, y compris le prieuré lui-même.

— Je ne peux pas le croire, s'exclama Zarina. Comment peut-il vendre le prieuré ? Il y a des siècles que la famille Linwood est propriétaire de ce domaine.

— Vous avez raison, dit Jenkins, et, bien sûr, on se demande tous qui va l'acheter et ce que vont devenir tous ceux qui travaillent sur le domaine et dans la maison si on les met à la porte.

Zarina ne savait que trop combien cette éventualité serait désastreuse. La plupart des gens qui travaillaient sur le domaine de Linwood, comme sur son propre domaine, le faisaient depuis plusieurs générations. Ils avaient placé leurs pas dans ceux de leur père, de leurs grands-pères et de leurs arrière-grands-pères.

Le prieuré lui-même était une des plus belles demeures qu'elle eût jamais vues. Cet ancien couvent était devenu possession de la famille de Linwood au moment de la dissolution des monastères.

Le roi Henri VIII en avait fait don au premier comte, en récompense d'actes de vaillance dont celui-ci avait fait montre à son service.

— Comment Rolfe peut-il laisser partir le prieuré sans en être affecté ? se demanda-t-elle.

— Tout ça lui est tombé dessus comme une bombe, dit Jenkins, mais j'aurais pas voulu vous chavirer le premier jour que vous arrivez à la maison.

Il s'arrêta un moment puis continua :

— Vu que la vente est à deux heures, va y avoir foule pour voir qui achète les meubles et les tableaux. Mais ce qui les intéresse vraiment, c'est qui va acheter le prieuré.

Zarina ne répondit pas. Elle pensait au tragique de la situation et à la façon dont son père et sa mère en auraient été bouleversés. S'ils avaient été vivants, ils auraient certainement essayé d'aider le comte.

Sans aucun doute, ils auraient également aidé Rolfe qui allait devoir se séparer de sa maison et de tout ce qu'il avait aimé depuis sa plus tendre enfance.

Elle se rappelait très bien le premier goûter d'enfants auquel elle avait été invitée, au prieuré. Elle était très petite à l'époque et y avait été emmenée par sa nourrice. Les garçons avaient joué aux chaises musicales et à divers petits jeux avec d'autres enfants de leur âge. Plus tard, quand elle fut plus grande, ils la taquinaient, mais la hissaient néanmoins dans leurs bras pour qu'elle puisse attraper un des plus beaux cadeaux, au sommet de l'arbre de Noël.

Le prieuré l'avait toujours fascinée. On y voyait notamment un ancien réfectoire, immense, où les moines s'étaient jadis assis autour de longues tables. A côté se trouvait la chapelle qui était particulièrement belle. Les pièces décorées par la comtesse avaient quelque chose de magique.

— Comme je disais à ma femme hier, dit Jenkins en bouclant les sangles sous *Kingfisher*, le colonel aurait été bouleversé, ça vraiment il l'aurait été, s'il avait su ce qu'allait se passer.

— Je suis sûre que papa aurait essayé d'aider M. Rolfe, murmura Zarina.

Soudain, elle se dit que c'était évidemment ce qu'elle devait faire. Bien sûr qu'elle pouvait l'aider, qui d'autre en aurait les moyens ? L'idée traversa son esprit comme un éclair.

Jenkins avait fini de seller *Kingfisher*. Il était sur le point de le sortir de sa stalle quand Zarina dit :

— Attends une minute. Selle donc un cheval pour M. Bennett. Je fais un saut à la maison pour lui parler.

Elle n'attendit pas que Jenkins lui réponde, traversa en courant la cour pavée et rentra dans la maison par la porte de côté. Elle trouva Bennett assis à son bureau. Dès qu'il la vit, il se leva et la salua en souriant :

— Bienvenue à la maison, Mademoiselle Zarina. Il y a bien longtemps qu'on ne vous a pas vue.

— C'est exactement ce que je pense, dit Zarina. Mais pour l'instant, Bennett, avant que nous parlions de quoi que ce soit, je veux que vous veniez avec moi au prieuré.

— Le prieuré ! s'exclama Bennett. Je suis désolé que vous ayez entendu parler de cela, à peine arrivée !

— Jenkins m'a raconté ce qui s'est passé, dit Zarina.

Elle regarda furtivement par-dessus son épaule et dit à voix basse :

— Je veux que vous veniez avec moi et que vous preniez le chéquier avec vous.

— Mais... Mademoiselle Zarina... commença Bennett.

Zarina leva la main :

— Il faut que vous veniez tout de suite, dit-elle, nous parlerons en chemin.

Elle sentait qu'il fallait partir immédiatement. Si son oncle, qui était un lève-tôt, décidait de descendre, elle courait le risque qu'il lui demandât où elle allait. Et elle était certaine qu'il essaierait alors de l'empêcher de se rendre au prieuré.

A présent, en y réfléchissant, elle était sûre qu'il avait été au courant de ce qui était arrivé au comte et à Darcy. Il lui avait délibérément caché ces nouvelles parce qu'il ne voulait pas qu'elle se soucie de ce qui se passait à côté de chez elle alors que tout lui réussissait si bien à Londres.

Ce n'est pas bien de sa part de ne pas me l'avoir dit, pensa-t-elle, et je suis décidée à ce qu'il ne se mêle pas de cette affaire.

— Venez vite, dit-elle, et, comme je vous l'ai déjà dit, apportez le chéquier.

Sur le conseil du général, elle avait donné procuration à Bennett pour tout ce qui concernait la demeure et le domaine. Bien qu'elle fût mineure, elle avait le contrôle total de sa fortune.

« Je veux que tu prennes du bon temps, ma petite, avait-il dit à Zarina. Ce serait très ennuyeux pour toi d'avoir continuellement à rédiger des chèques pour régler les impôts ou d'être consultée à propos du coût des réparations. Tu peux faire confiance à Bennett. »

« Je sais, avait répondu Zarina, papa le trouvait parfait, à tous points de vue. »

Elle avait donc fait ce que son oncle suggérait et avait écrit à la banque Coutts, pour lui donner l'ordre d'honorer tout chèque signé par William Bennett.

Et puis, elle n'y avait plus pensé.

A cet instant, elle se rendit compte que Bennett était très surpris de ce qu'elle lui demandait. Cependant, il lui obéit sans tergiverser. Comme il prenait le chéquier dans l'un des tiroirs de son bureau, Zarina sortit de la pièce.

Le temps qu'elle revienne aux écuries, Jenkins avait sellé les deux chevaux. *Kingfisher* attendait près d'une grosse pierre qui servait de marchepied pour les montures. Bennett, qui habitait à l'autre extrémité de la grande allée était venu, à cheval, de chez lui à son bureau et portait donc des bottes. Quand il rejoignit Zarina, il tenait sa cravache à la main.

Sans un mot, elle se dirigea vers l'autre côté de la cour, au-delà duquel se trouvait l'enclos des chevaux. Plus loin s'étendait une plaine où elle galopait autrefois avec son père. Bennett la rattrapa. Elle pensa avec satisfaction qu'elle avait échappé au général, du moins pour l'instant.

Comme elle tenait à mettre une distance appréciable entre elle et son oncle, elle continua à vive allure. Elle tourna dans un des bois qui séparaient les deux domaines.

Une large allée cavalière le traversait en son milieu.

Quand les chevaux eurent ralenti leur allure, Zarina dit à Bennett :

— J'ai quelque idée de ce que je vais faire quand nous serons au prieuré, mais je ne veux pas en parler avant d'avoir discuté de la situation avec M. Rolfe. Je suppose que je devrais dire « avec M. le comte ».

— Je comprends, répondit Bennett, mais,

cependant, si vous me permettez de parler ainsi, avant de vous précipiter et faire quoi que ce soit, vous devriez en discuter avec le général.

— Je n'en ai aucune envie et ne le ferai certainement pas, dit Zarina d'une voix dure. Je suis adulte maintenant et je veux prendre moi-même les décisions qui concernent ma propre vie, spécialement pour tout ce qui touche à mon bonheur.

Bennett lui jeta un rapide coup d'œil. Elle savait bien qu'il était intrigué mais n'avait aucune intention de lui en dire plus et se contenta de mener son cheval le plus rapidement possible.

Il ne leur fallut qu'une petite demi-heure pour être en vue du prieuré.

Les moines qui l'avaient construit avaient choisi un site parfait, en hauteur, mais avec un bois derrière le bâtiment pour le protéger des vents d'hiver.

Comme le voulait la tradition, c'était une construction de pierre blanche, en longueur, qui miroitait comme une pierre précieuse sur un fond de velours vert. Sur le devant courait une rivière dans laquelle, jadis, les moines pêchaient. C'est là que Darcy et Rolfe avaient l'habitude de canoter dans de petites embarcations et de nager pendant l'été.

Plus Zarina s'en approchait, plus cela lui semblait beau. Comment peut-il accepter de se séparer de quelque chose d'aussi parfait ? se demandait-elle.

Ils s'étaient rapprochés et virent un grand

nombre de voitures stationnées dans la cour, devant la maison. Plus près encore, ils aperçurent une foule de gens à pied qui débouchaient de la longue allée.

Zarina dirigea son cheval vers la porte principale. Elle mit pied à terre et dit à Bennett :

— Voulez-vous mener les chevaux aux écuries et me rejoindre ensuite dans la grande salle ?

— Très bien, Mademoiselle Zarina.

Elle se rendait compte, à l'expression de son visage et à la façon dont il parlait, qu'il redoutait ce qu'elle avait l'intention de faire. Il se demandait certainement si cela n'allait pas lui causer beaucoup d'ennuis de lui avoir permis d'agir à son idée. Mais elle ne se sentait pas concernée par les états d'âme de Bennett et ne pensait qu'à elle et aux tourments endurés pendant toute la nuit.

Elle gravit les marches du perron, entra dans la maison et pénétra dans la grande salle où les voyageurs recevaient autrefois un accueil chaleureux de la part des moines qui ne renvoyaient jamais personne.

Pour l'heure, cette grande salle était remplie d'hommes transportant des tableaux et des meubles qu'ils déposaient derrière le bureau du commissaire-priseur. A côté du bureau étaient disposées une table et une chaise. Zarina savait qu'elles seraient occupées par le secrétaire qui enregistrait les enchères et les noms des acheteurs.

Personne ne fit attention à elle lorsqu'elle se

dirigea vers la porte qui conduisait aux pièces de réception. Là se tenait un serviteur qu'elle reconnut car il avait été le majordome du prieuré pendant de nombreuses années.

— Bonjour, Yates, lui dit-elle.

Il sursauta quand il entendit sa voix et dit en souriant :

— Je ne savais pas que vous étiez de retour, Mademoiselle Zarina.

— Je ne suis arrivée qu'hier soir, répondit Zarina. Où est M. le comte ?

— Je pense qu'il se trouve, en ce moment, dans la bibliothèque, Mademoiselle. C'est une triste journée, une bien triste journée pour nous tous !

— Oui, Yates. Il faut que je parle tout de suite à M. le comte.

Elle se dirigea rapidement vers le couloir. Yates, dans son désarroi, ne l'accompagna même pas. Elle connaissait le chemin. Quand elle pénétra dans la bibliothèque, elle aperçut Rolfe qui se tenait là, les yeux fixés sur les livres qui garnissaient entièrement les murs sans fenêtres.

Deux hommes étaient en train d'inspecter les rayonnages. Zarina supposa qu'ils étaient à la recherche d'éditions anciennes et de vieux manuscrits faisant partie du patrimoine familial.

Rolfe, le dixième comte de Linwood, les regardait avec une expression de désespoir.

Comme elle s'avançait vers lui, il entendit ses pas, se retourna et lança une exclamation de surprise :

— Zarina, j'avais entendu dire que vous étiez à Londres !

— Je suis revenue hier à la maison, répondit Zarina, et j'aimerais vous parler en privé.

Un instant elle crut qu'il allait refuser. Puis il dit :

— Il n'y a vraiment rien à dire, mais venez tout de même dans le bureau. Je pense que là, ils ont terminé.

Le bureau se trouvait être la pièce voisine et Zarina passa devant lui. Quand il ouvrit la porte, elle comprit ce qu'il voulait dire par « ils ont terminé ». Les tableaux, de très belles œuvres de l'époque médiévale, avaient tous été décrochés des murs. Les garnitures de la cheminée avaient été retirées. Enlevé aussi le très beau bureau Régence derrière lequel elle avait souvent vu le comte.

Il ne restait que les chaises de cuir et les canapés qui portaient tous une étiquette. Ils seraient mis aux enchères sans être montrés dans la grande salle.

Rolfe ferma la porte derrière lui. Puis il dit :

— J'apprécie votre visite, Zarina, mais je ne veux ni de votre pitié ni de votre compassion. Il n'y a rien d'autre que je puisse faire dans la situation présente.

Il parlait d'un ton brusque et Zarina pouvait voir à l'expression de son regard combien il souffrait.

— Je ne suis venue vous offrir ni l'une ni l'autre, dit-elle. Je suis venue vous faire une proposition qui, je pense, vous aidera et...

Elle allait ajouter « moi aussi » quand Rolfe l'interrompit.

— Quelle qu'elle soit, je ne veux pas l'entendre. Je ne veux pas qu'on me fasse la charité. Ni vous ni personne d'autre, cria-t-il d'un ton furieux.

— Si vous me laissiez finir, riposta Zarina, vous comprendriez que je ne vous offre pas la charité. Ce que j'attends de vous, c'est que vous acceptiez que nous nous fiancions en vue d'un futur mariage.

Abasourdi, Rolfe l'interrompit de nouveau :

— Je ne comprends rien à ce que vous dites, mais ma réponse est « non ». Je suis peut-être descendu bien bas, mais je ne soutire pas d'argent aux femmes !

Zarina se rapprocha de lui et dit :

— Si vous vouliez bien cesser de crier, je voudrais vous faire comprendre que je suis en train... de vous... supplier de m'aider.

— Vous aider ? demanda Rolfe. Comment diable le pourrais-je ?

— Comme je viens de vous le dire, en annonçant nos fiançailles.

— Vous avez perdu la tête, répliqua Rolfe.

— J'ai dit « fiançailles », continua Zarina, parce que cela s'arrêterait là. En échange, je paierai les dettes de Darcy. Parce que, en devenant mon *fiancé*, vous me protégez contre la volonté de mon oncle qui veut m'obliger à épouser un homme que j'exècre et qui me rendrait extrêmement malheureuse.

Les yeux écarquillés, Rolfe la regarda d'un air ahuri avant de dire :

— Voyons, qu'est-ce que cette histoire ? Je suis peut-être complètement fou mais je ne comprends rien à ce que vous racontez.

— C'est pourtant très simple : mon oncle, dont vous connaissez bien le caractère autoritaire, désire me faire épouser le duc de Malnesbury.

— Ce qui est une idée pleine de bon sens, dit Rolfe. Un duc est un duc et bon nombre de femmes vendraient leur âme pour devenir duchesse.

— Je suis peut-être une exception, répliqua vivement Zarina.

Puis elle changea de ton et dit d'une voix calme et douce :

— Essayez de comprendre, Rolfe. Vous savez combien papa et maman étaient heureux ensemble et combien ils s'aimaient. Croyez-vous vraiment que je puisse désirer autre chose qu'un mariage avec quelqu'un que j'aime et qui m'aime ?

— Ce que vous finirez bien par trouver, dit Rolfe.

— Oncle Alexander m'a dit hier soir que si je n'acceptais pas d'épouser le duc, il me conduirait de force à l'autel... ou me battrait jusqu'à ce que je me soumette.

— Croyez-vous vraiment qu'il irait jusque-là ? demanda Rolfe.

— J'en suis certaine, répondit Zarina. Il pense que c'est la meilleure chose, non seulement pour moi mais aussi pour toute la famille. Et, si vous vous rappelez qui est tante Edith, vous savez bien qu'elle serait aux anges si je pouvais devenir « dame du lit », auprès de Sa Majesté.

Rolfe ne put réprimer un petit rire.

— C'est une triste histoire, Zarina, dit-il, mais cependant je ne peux pas m'en mêler.

— Vous ne comprenez pas que si papa vivait, il essaierait de vous aider ? Et il ne laisserait pas non plus oncle Alexander me rudoyer ainsi. Hélas, il n'y a plus personne pour m'aider !

— Je ne suis pas en mesure de le faire, protesta Rolfe.

— Comment pouvez-vous être aussi cruel, alors que nous nous connaissons depuis l'enfance et que le prieuré a toujours été quelque chose de très important pour moi ?

Comme s'il était ému et troublé par ce qu'elle venait de dire, Rolfe se dirigea vers la fenêtre et s'y arrêta pour regarder le soleil à l'extérieur.

— Qu'y a-t-il de mal, continua Zarina, à vous demander de m'aider quand je suis désespérée, totalement désespérée ? Je peux vous aider en payant les dettes de Darcy et en renvoyant ces gens qui viennent acheter à bas prix tout ce qui fait partie du prieuré depuis des siècles.

— Avez-vous seulement la moindre idée du montant des dettes de Darcy ? demanda Rolfe.

— Cela ne devrait pas être un problème, répondit Zarina. Comme vous devez le savoir, ma marraine américaine m'a légué tant d'argent qu'il me serait difficile de tout dépenser même si je vivais cent cinquante ans.

— Ainsi les histoires que j'ai entendues à votre sujet sont donc vraies ! dit Rolfe. Avant que je quitte l'Angleterre, on faisait allusion à la « richissime héritière », et j'ai trouvé, même sur le bateau qui me ramenait ici, des gens qui parlaient de votre immense fortune.

— Tout cela est vrai. Mais s'il me faut la partager avec un duc qui est assez vieux pour être mon grand-père, je ferai un testament pour que tout aille à la société protectrice des animaux et j'irai me noyer dans la rivière.

— Allons, vous dramatisez à l'excès. Vous savez parfaitement que vous ne ferez rien de semblable. Vous serez ravie de porter le plus somptueux des diadèmes à l'ouverture du Parlement.

— Je vous le répète, je ne l'épouserai pas, dit Zarina. Je vous en prie, Rolfe, aidez-moi ! J'ai peur de mon oncle Alexander, je n'y peux rien. Il trouvera le moyen de m'entraîner à l'autel et je n'aurai plus rien à faire qu'espérer la mort.

Le visage de Rolfe se crispa.

— Dois-je parler au général ? Après tout, il aurait peut-être écouté mon père... bien que j'en doute...

— Même si tous les anges descendaient du ciel pour lui parler, je ne crois pas que cela le ferait changer d'avis. Il croit savoir mieux que tout le monde ce qui est bon pour moi et il est décidé à me faire épouser le duc, dit Zarina en levant les bras au ciel dans un geste de désespoir.

— Pensez-vous réellement qu'il serait impressionné si vous lui disiez que vous êtes fiancée à un homme qui ne possède pas un sou vaillant ?

Il la regarda sérieusement, pendant un instant, avant d'ajouter :

— Et, qui plus est, sans même un toit à partir d'aujourd'hui...

— Vous serez propriétaire du prieuré et de tout ce qu'il contient, dit doucement Zarina, et cela laissera le temps d'aviser et de trouver une issue.

Rolfe ne répondit rien et, au bout d'un moment, elle reprit :

— Je suis restée éveillée toute la nuit à chercher comment je pourrais m'enfuir et où je pourrais aller, mais, en définitive, je suis sûre que ce serait une erreur de partir seule.

— Bien sûr, répondit Rolfe. Comment pourriez-vous vous débrouiller... et de plus, si, par malheur, quelqu'un découvrait votre identité, vous auriez à vos trousses tous les coureurs de dot du royaume.

— J'en suis bien consciente, acquiesça Zarina, c'est pourquoi je dois partir avec quelqu'un comme vous jusqu'à ce qu'oncle Alexander capitule et admette qu'il ne peut se substituer à moi pour le choix de mon mari.

— Je repars pour les Indes demain, dit Rolfe, car je n'ai aucune envie de rester ici, une fois que la maison sera vendue et vidée de son contenu.

— Je veux partir avec vous !

Rolfe s'éloigna de la fenêtre :

— Écoutez, Zarina, essayez d'être raisonnable. Comment pouvez-vous imaginer m'accompagner sans être chaperonnée ? Vous savez aussi bien que moi que votre réputation serait perdue à tout jamais.

— Alors, puisque c'est ainsi, au lieu de faire semblant d'être votre fiancée, je ferai semblant d'être votre femme. Personne ne posera de question sur notre situation tant que nous serons en voyage et, à moins qu'oncle Alexander ne soit extralucide, il ne pourra pas deviner notre destination. Je lui dirai que je suis allée avec vous, en France, pour rendre visite à certains de vos parents qui souhaitaient me connaître.

Rolfe prit sa tête dans ses mains.

— Encore une fois, écoutez, Zarina. Je ne peux pas être d'accord avec ce plan. N'essayez pas de me persuader.

— Alors, que me proposez-vous d'autre pour venir à mon aide ? En tout cas, nous nous connaissons depuis assez longtemps pour que vous me fassiez confiance et que vous acceptiez ma parole quand je vous dis que je ne souhaite pas vous épouser, pas plus que vous ne le souhaitez vous-même.

Elle s'arrêta quelques instants et le regarda d'un air suppliant :

— Ce que je suggère est une simple entente de circonstance : je paierai vos dettes si vous me faites disparaître quelques mois, le temps qu'oncle Alexander abandonne la poursuite.

— Vous ne pouvez pas être sûre qu'il l'abandonne, répliqua Rolfe.

— Bon !... au moins aurons-nous essayé de lui faire prendre conscience du fait qu'il n'est pas question que j'épouse le duc. Et, si celui-ci croit que vous êtes mon fiancé, il abandonnera l'idée de se marier avec moi.

— Je suppose que cela dépend de la force de son attachement pour vous, suggéra Rolfe.

— Je ne me soucie de lui en aucune façon, mais seulement de moi, dit Zarina avec passion. Aidez-moi, oh ! s'il vous plaît, aidez-moi ! Si j'étais en train de me noyer, ce serait votre devoir de venir à mon secours. Et ce qui m'arrive maintenant est autrement plus grave.

Rolfe traversa le bureau de long en large et revint sur ses pas.

— Sincèrement, je n'aurais jamais imaginé, même dans mes rêves les plus fous, que vous seriez venue me faire une telle proposition.

— Alors, soyez assez sensé pour vous rendre compte que les dieux sont avec vous... J'ai amené Bennett avec moi et il a la signature de mon chéquier.

Tout à coup, Rolfe se mit à rire et, cette fois, c'était un vrai rire :

— Zarina, vous êtes incorrigible, s'exclama-t-il. Comment avez-vous pu tramer une telle intrigue ? Néanmoins, je veux bien reconnaître que vous êtes dans une situation difficile si, comme vous le prétendez, le général a décidé de mettre toute son énergie à faire de vous une duchesse.

— Bien sûr qu'il va le faire ! Et, bien qu'il dise que le duc est amoureux de moi, je doute fort que celui-ci condescende à mélanger son « sang bleu » avec le mien si ce n'est en raison de mes dollars.

— Il ne sied pas aux jeunes filles de se montrer cyniques, déclara Rolfe. L'attitude convenable consiste à regarder le monde à travers des lunettes roses.

— Je ne veux pas regarder le duc à travers quoi que ce soit, dit Zarina d'un ton irrité.

Rolfe resta silencieux. Après quelques instants, elle demanda :

— A quelle heure partez-vous demain ? Et où devons-nous embarquer ?

— Je ne vous ai pas encore dit que je vous emmènerai avec moi.

— Mais vous le ferez, affirma Zarina. Vous ne pouvez pas m'abandonner à mon triste sort et, de plus, comme le disait Jenkins ce matin, votre père se retournerait dans sa tombe s'il savait que vous vendez le prieuré.

— Mais que puis-je faire d'autre ? demanda Rolfe d'un ton d'excuse. Je ne peux pas imaginer que Darcy ait pu contracter tant de dettes, envers tant de gens et qu'il n'ait rien à donner en contrepartie.

— Qu'est-ce qu'il a donc acheté ? demanda Zarina.

— Il n'a rien acheté du tout. Il a dépensé une fortune avec des femmes dont vous ne devriez même pas connaître l'existence. Il leur a offert des bijoux, des chevaux, des voitures, des fourrures...

Il se tut un instant et puis continua :

— Ses soirées qui finissaient souvent en beuveries, avec pas mal de casse.

— Je suppose qu'il s'est bien amusé.

— Je ne peux que l'espérer. Toujours est-il que je suis seul pour réparer le gâchis qu'il a créé et je vous assure que ce n'est pas amusant.

— Je vous comprends. Cependant, la chance, ou peut-être votre ange gardien, vous envoit une solution et cette solution c'est... moi.

Rolfe prit une profonde inspiration et déclara :

— Laissez-moi faire une tentative auprès de votre oncle.

— Vous êtes bien présomptueux de croire qu'oncle Alexander tiendra compte de ce que vous lui direz. Il a toujours été, dans l'âme, un officier, à cheval sur la discipline. Il a toujours pensé que le monde entier se trompait, sauf lui.

Elle fit entendre un léger soupir avant de continuer :

— Depuis que je vis chez lui, je me suis toujours apitoyée sur les pauvres soldats placés sous ses ordres, ainsi que sur moi-même. Je dois m'enfuir, dit-elle en joignant les mains, cessons de nous disputer à ce sujet. Vous viendrez me chercher demain matin. A quelle heure est prévu votre départ ?

— Très tôt, répondit Rolfe.

— Je serai prête et j'ose espérer qu'oncle Alexander sera à tel point irrité d'apprendre que j'ai payé les dettes de Darcy qu'il ne soupçonnera pas avant un bon moment que nous fuyons ensemble.

— Je pensais que nous étions censés être fiancés, remarqua Rolfe.

— Oui, et je lui laisserai une lettre pour lui dire combien nous sommes heureux.

— Pensez-vous vraiment que c'est une bonne échappatoire ?

— Quand je vous ai demandé de faire semblant d'être fiancé avec moi, je ne savais pas que vous partiez pour les Indes aussi rapidement. Maintenant cela me paraît la solution idéale. Je serai hors d'atteinte d'oncle Alexander, surtout s'il me cherche en France.

Elle sourit avant d'ajouter :

— Il risque de se passer du temps avant qu'il ne découvre que nous sommes aux Indes.

— Dix-sept jours, ou plutôt dix-neuf exactement puisque je vais à Calcutta.

— Je suppose qu'il y fera chaud, remarqua Zarina pensivement. J'aurai besoin de mes toilettes d'été.

Il y eut un silence. Puis, Rolfe dit d'une voix dure :

— Qu'il soit bien clair entre nous dès maintenant que pas un de vos dollars ne sera dépensé pour moi.

Il poursuivit d'un air farouche :

— Je voyage sur un cargo sale et inconfortable. Si vous m'accompagnez en prétendant être ma femme, vous vous comporterez comme le ferait ma femme. Vous dépenserez *mon* argent et non le vôtre... Maintenant que vous êtes prévenue, vous pouvez vous mettre à la recherche d'un autre refuge qui n'aura pas de mal à être beaucoup plus confortable.

— Je viens avec vous. Si vous tenez à être désagréable à propos de mon argent, je ne peux vous en empêcher. Mais je trouve cela extrêmement stupide et de bien mauvais goût...

— Il me reste quelque fierté, plaida Rolfe. Si je devais être entretenu par une femme, je préférerais me jeter par-dessus bord.

— Qui en rajoute, maintenant ? Qui dramatise à souhait ?

Rolfe eut l'air embarrassé.

— Vous avez raison, répondit-il. Cependant, vous rendez-vous compte qu'il n'y aura pas que votre oncle pour penser que je suis le plus grand coureur de dot que la terre ait jamais porté ? Mes amis le penseront également, tout comme mes ennemis.

— Ils changeront d'attitude quand nous romprons nos fiançailles et annoncerons dans le *Times* que notre mariage n'aura pas lieu, dit Zarina d'un ton léger en se levant du sofa sur lequel elle était assise.

— Maintenant, je pense que vous feriez mieux de parler à Bennett et de décider comment vous allez payer les factures de tous ces gens et les renvoyer ensuite.

Elle jeta un rapide coup d'œil à Rolfe tout en parlant et pendant un instant leurs regards se croisèrent. Il dit alors, calmement :

— Il y a une seule chose que je puisse vous

promettre, Zarina, c'est que d'une façon ou d'une autre, Dieu seul sait comment, je vous rembourserai jusqu'au moindre sou l'argent que vous dépensez aujourd'hui pour moi et pour le prieuré.

Il fit un geste de la main :

— Cela me prendra peut-être une éternité mais je le ferai.

— Très bien, répondit Zarina, et moi je vous serai infiniment reconnaissante de m'avoir soustraite aux griffes du duc. Vous pouvez vous considérer comme un preux chevalier terrassant le dragon, et naturellement, les chevaliers se donnent toujours des missions impossibles.

— Je suis sérieux, dit Rolfe.

Elle lui sourit et il remarqua les fossettes qu'elle avait de chaque côté de la bouche.

— Bien sûr, répondit-elle, mais comme les gens sérieux sont terriblement ennuyeux, j'espère que vous serez un peu plus amusant quand nous aurons atteint la mer Rouge. Elle se dirigea vers la porte. Rolfe la suivit et ajouta :

— Tout ce que je peux dire, Zarina, c'est que le général a montré un certain bon sens quand il a dit qu'il faudrait vous battre pour vous apprendre à obéir. C'est manifestement quelque chose que vous avez réussi à éviter quand vous étiez enfant !

3

Quand ils quittèrent le bureau, la grande salle commençait à se remplir de monde, bien que le début de la mise en vente ne fût pas prévu avant deux heures. Des hommes examinaient les tableaux. Ils les tiraient l'un après l'autre de la pile qui avait été faite contre le mur. Ils discutaient entre eux de l'époque d'un meuble ou de la description inexacte qu'en faisait le catalogue.

Zarina aperçut Bennett à l'extrémité du hall d'entrée et s'avança vers lui, tout en disant à Rolfe :

— Allons voir Bennett. Il s'occupera de tout.

Ils arrivèrent près de l'intendant et Rolfe lui tendit la main.

— Comment allez-vous, Bennett ? s'enquit-il. Il y a longtemps que nous ne nous sommes vus.

— Je suis bien content de revoir Monsieur le comte, répondit Bennett. J'espère que Monsieur le comte est content de son séjour à l'étranger.

— C'était très intéressant, répondit Rolfe.

— Je crois que nous serions mieux ailleurs, suggéra Zarina.

Rolfe ne discuta pas et elle les conduisit dans le bureau du prieur qui se trouvait derrière la grande salle. C'était une pièce vaste et confortable, lambrissée de chêne magnifiquement sculpté. Les fenêtres donnaient sur une cour qui était située non pas sur le devant du bâtiment mais au centre du prieuré. D'un coup d'œil, Zarina constata que la cour était envahie de mauvaises herbes. Au centre, une statue qui datait de la fondation du prieuré aurait eu grand besoin d'être restaurée.

Rolfe ferma la porte et Zarina dit à Bennett :

— Asseyez-vous, je vais vous dire ce que vous devrez faire.

Il la regarda avec un peu d'appréhension, mais obtempéra.

Elle s'installa à son tour sur une des chaises qui n'avaient pas été emportées dans la grande salle.

— J'ai dit à M. le comte, commença Zarina doucement, que nous paierions toutes les factures en souffrance de M. Darcy. On va donc annoncer maintenant que la vente n'aura pas lieu, et tous ces gens venus chercher une bonne affaire devront s'en retourner comme ils sont venus.

Elle marqua un temps puis reprit :

— Même le prieuré n'est plus à vendre. Je veux que vous veilliez à ce que tout soit remis à sa place et qu'on paie leurs gages aux domestiques et à tout le personnel du domaine.

Tout en parlant, elle jeta un coup d'œil vers Rolfe. Il avait les lèvres serrées, la mâchoire crispée et elle se rendait compte que tout ce qu'il entendait l'irritait. En même temps il était désemparé et ne pouvait rien contre tout cela.

— Ce que je vais vous dire, continua Zarina, est strictement confidentiel et vous devez me promettre sur l'honneur de ne le répéter à personne, et surtout pas à mon oncle.

— Je dois vous mettre en garde, Mademoiselle Zarina, dit Bennett. Le général ne sera pas du tout d'accord avec ce que vous faites...

— J'en suis très consciente, répondit Zarina, mais le général a pour moi des projets que je ne puis accepter et je le lui ai déjà dit.

Elle se demanda encore un instant s'il était bien sage de mettre Bennett dans le secret puis finalement elle pensa que ce serait une erreur.

— Ce que je dois vous dire en confidence, continua-t-elle au bout d'un moment, c'est que M. le comte et moi allons nous marier.

Bennett parut sidéré, mais il put quand même dire avec beaucoup de chaleur :

— Alors, bien sûr, je vous souhaite beaucoup de bonheur, Mademoiselle Zarina, et toutes mes félicitations, Monsieur le comte. Je peux dire que cela aurait fait plaisir à vos parents, Mademoiselle Zarina.

— C'est ce que je pense, dit Zarina, mais je sais que cela va mécontenter le général, c'est pourquoi M. le comte et moi allons partir.

— Partir ? demanda Bennett. Mais quand ?

— Demain, répondit Zarina, et j'ai bien peur

que vous n'ayez à subir le premier choc de la colère de mon oncle. Mais il faudra le convaincre que vous ne savez rien et que vous ne pouvez donc pas lui dire où nous sommes partis.

— Avez-vous l'intention d'informer le général, Mademoiselle Zarina ?

— Je suis en train d'écrire une lettre qu'il lira quand nous serons déjà loin, sinon il pourrait me faire une scène et me retenir de force ici.

Bennett prit sa tête dans ses mains.

— Vous me mettez dans une situation bien difficile, Mademoiselle Zarina, se plaignit-il.

— Ce n'est pas entièrement vrai, Bennett. Si nous nous en tenons à une stricte objectivité, vous êtes mon employé, vous régissez ma maison et mon domaine, vous suivez mes instructions et je vous paie pour cela.

— C'est la vérité, bien sûr, acquiesça Bennett.

— Donc, mon oncle n'a pas d'ordres à vous donner, ni le droit de vous accuser de quoi que ce soit si ce n'est d'obéir à mes ordres.

Il y eut un bref silence et elle jeta, à nouveau, un regard à Rolfe avant de poursuivre :

— Ce que je vais vous demander de faire, dès notre départ, c'est de gérer ce domaine pour M. le comte comme vous le faites pour le mien.

Elle se rendit compte que Bennett restait interloqué mais elle continua :

— Nous vous faisons totalement confiance, y compris pour tous les changements que vous pourriez souhaiter faire. Bien entendu vous maintiendrez le prieuré dans le même état que ma propre maison.

Elle sourit avant d'ajouter :

— Je veux qu'il redevienne exactement comme il était dans mon enfance, quand il semblait la plus belle demeure du monde à mes yeux.

Elle avait l'impression que Rolfe brûlait de l'interrompre pour dire qu'il n'accepterait pas son argent. Vivement, avant qu'il ne puisse prendre la parole, elle dit, en gardant les yeux fixés sur Bennett :

— M. le comte et moi sommes très conscients que tous les vieux serviteurs qui sont ici depuis des années, vivent dans l'anxiété d'être congédiés sans pension et de se retrouver à la rue.

Elle prit le temps de lui sourire avant d'ajouter :

— Bien entendu, M. le comte les rassurera autant que possible avant de partir, mais ce sera à vous de veiller à ce qu'ils soient bien traités et à ce qu'on garde assez de gens pour que le prieuré soit entretenu à la perfection.

— Je ferai de mon mieux, Mademoiselle Zarina, mais vous comprenez, il peut se présenter des difficultés...

— Seulement du fait de mon oncle et comme je suis maintenant fiancée à M. le comte, il ne peut plus rien sur moi.

Bennett prit un air de doute mais elle continua :

— Quoi qu'il en soit, je n'ai pas l'intention

de lui donner notre adresse et il ne pourra donc pas contrarier nos fiançailles.

— Je pense, Mademoiselle Zarina, si vous me permettez de vous parler ainsi, qu'il faudrait que j'aie, personnellement, votre adresse, au cas où il se passerait quelque chose que je ne pourrais pas régler sans votre accord.

Zarina regarda Rolfe :

— Je crois que c'est raisonnable, dit-il prenant pour la première fois la parole, cependant je ne connais pas avec certitude l'endroit où nous nous rendrons aux Indes.

— Aux Indes ! s'exclama Bennett. Si Monsieur le comte y retourne, il faut absolument que je puisse le joindre en cas d'urgence.

— Très bien, dit Rolfe, mais n'ayant pas d'adresse précise à vous donner, il faudra donc que vous nous écriviez au palais du vice-roi à Calcutta. Je ferai en sorte qu'on fasse suivre mon courrier.

— Merci. Merci beaucoup, Monsieur le comte. Croyez bien que je ferai de mon mieux pour ne pas vous déranger.

— Maintenant que ceci est réglé, fit gaiement Zarina, je propose que nous allions tous manger quelque chose. Je n'ai pas pris de petit déjeuner et j'ai très faim !

— Je vais m'en occuper, proposa Bennett. Le mieux est sans doute, que vous vous contentiez de ce qu'on peut trouver ici.

— Mais bien sûr, acquiesça Zarina.

Quand Bennett fut sorti de la pièce, Rolfe dit :

— Vous avez décidé pour tout !

— Je savais que cela vous fâcherait, répondit Zarina, mais il ne faudrait pas laisser aller ce domaine à vau-l'eau. On voit déjà pousser les mauvaises herbes dans la cour et la statue, qui est si belle, ne peut rester ainsi.

— Je crois que certains des plus jeunes employés sont partis avant mon retour car, à la mort de mon père, il n'y avait pas d'argent pour les payer. Je me suis mis en route dès que j'ai appris la mort de mon frère, mais cela m'a pris un certain temps car j'étais alors au Népal où je venais d'apprendre que certains manuscrits excessivement importants se trouvaient dans un monastère.

— Des manuscrits anciens ! s'exclama Zarina. Je ne me doutais pas que vous étiez un expert dans ce domaine !

— Autrement dit, vous me preniez pour un analphabète ou un noceur comme Darcy.

— Ni l'un ni l'autre. J'imaginais qu'en voyageant, vous cherchiez simplement l'aventure.

— C'est tout à fait le cas, assura Rolfe. Il y a tant de choses que je veux voir, tant de choses à découvrir. En fait, j'allais rapporter les manuscrits ici même dans cette bibliothèque.

— Dieu merci ! Elle ne sera pas mise en vente ! soupira Zarina. Je me souviens que votre père m'avait montré des éditions anciennes superbement illustrées et vous auriez certainement tiré beaucoup d'argent de la vente d'un des premiers exemplaires de Chaucer[1].

— Maintenant tout est à vous, dit Rolfe d'une voix dure.

— Pas le moins du monde, c'est ce que j'ai payé pour vous remercier de m'avoir arrachée aux griffes du duc.

— Pour dire la vérité, je crois que vous avez fait un marché de dupes.

— La seule chose qu'on ne puisse chiffrer en termes d'argent, c'est ma propre personne, répliqua Zarina, et je trouve au contraire que j'ai réalisé une bonne affaire !

Rolfe ne put s'empêcher de rire. Avant qu'il ait eu le temps d'ajouter quelque chose, le vieux maître d'hôtel, Yates, entra, une nappe à la main.

— On m'a dit, Monsieur le comte, que vous voudriez manger quelque chose. Mme Blossom fait de son mieux, mais elle affirme qu'y a pas grand-chose dans le garde-manger.

— Le moindre petit morceau me fera plaisir, dit Rolfe, mais Mlle Bryden prétend qu'elle a une faim de loup.

— On fera ce qu'on pourra, Monsieur le comte, assura Yates.

Il écarta du mur une table ancienne qui nécessitait des réparations, raison pour laquelle, pensa Zarina, on ne l'avait pas mise dans la grande salle avec les autres meubles.

1. Chaucer : poète anglais (1340-1400). Auteur des « Contes de Canterbury ». (*N.d.T.*)

Quand Yates eut quitté la pièce, elle dit à Rolfe :

— Quand allez-vous annoncer à tous ces gens que la mise en vente n'aura pas lieu ?

— Quand ils seront tous là, répondit-il. Cela ne sert à rien de répéter plusieurs fois la même chose.

— Je suppose qu'ils seront déçus.

— Je l'espère bien. J'ai horreur de ce genre d'acheteur qui vient aux ventes aux enchères décidé à tout prix à réaliser une bonne affaire.

Il parlait de nouveau avec amertume et Zarina comprenait que son amour-propre souffrait de ce qui se passait.

Elle se revit enfant. Même à cet âge, elle avait trouvé que les deux garçons se donnaient « des airs ». Sachant qu'ils possédaient l'un des plus beaux châteaux, les meilleurs chevaux et, il fallait en convenir, le plus beau domaine du comté, ce n'était pas étonnant. Ils avaient tous deux fait leurs études à Eton puis ensuite à Oxford. Ils avaient été la coqueluche non seulement des plus jolies filles, mais aussi de toutes les mères ambitieuses. Darcy était parti pour Londres, où il s'était fait une réputation de dandy. Rolfe, de son côté, voyageait continuellement à l'étranger. Aujourd'hui, à y réfléchir, elle se souvenait que le comte se plaignait auprès de ses parents qu'il ne voyait guère ses deux fils et, bien sûr, il se sentait seul. C'est pourquoi l'amitié que lui avaient offerte son père et sa mère lui avait été très précieuse.

Comme elle avait suivi son propre cheminement d'idées, elle surprit Rolfe quand elle lui dit :

— Tenez-vous vraiment tant que cela à votre maison ? Vous n'y passiez guère de temps après votre sortie d'Oxford.

— Les mots sont trop faibles pour exprimer ce que le prieuré a toujours été pour moi, répondit Rolfe. Mais j'ai vite su que c'était à Darcy qu'il appartiendrait plus tard et qu'il me faudrait m'installer ailleurs et avec très peu d'argent.

Il n'avait pas besoin d'expliquer à Zarina, qui connaissait cette règle, que dans toutes les familles de l'aristocratie, c'était l'aîné qui héritait de tout. On ne donnait rien aux cadets, ce qui permettait d'éviter le morcellement des grands domaines.

Le chef de famille n'était pas seulement une figure terriblement importante, il détenait aussi tout le pouvoir. Zarina comprenait maintenant pourquoi Rolfe avait quitté l'Angleterre, où il n'aurait été, en somme, qu'aux ordres de son aîné.

Comme s'il avait lu dans ses pensées, Rolfe lui dit :

— Je n'avais jamais pensé, jamais rêvé un instant que tout ceci serait à moi. Quand j'ai appris que j'en héritais, ce fut un drame de me rendre compte que je n'avais pas de quoi l'entretenir.

— Je vous comprends, fit vivement Zarina, et maintenant nous allons remettre le prieuré en parfait état pour en faire votre demeure.

— C'est ce que j'essaierai de faire quand je vous aurai payé ma dette, assura Rolfe.

— Je la considère comme déjà payée, ou plutôt nous la considérerons comme telle dès que je serai à bonne distance de mon oncle. Maintenant, si vous voulez en faire toute une histoire, libre à vous !

Zarina avait parlé d'un ton brusque et Rolfe s'empressa de répondre :

— Je vous suis très reconnaissant. Pardonnez-moi si je n'en ai pas l'air, mais je suis réellement très reconnaissant. Et pourtant, c'est contraire à tous mes principes, et toutes les fibres de mon corps se rebellent à l'idée d'accepter la charité de quiconque et encore plus d'une femme.

Comme s'il voulait de lui-même couper court à la discussion, il sortit de la pièce en laissant la porte ouverte. Zarina était sûre qu'il était allé voir ce qui se passait dans la grande salle mais pour l'instant elle ne s'en souciait pas. Ce qui occupait son esprit, c'était trouver le moyen de partir le lendemain sans éveiller les soupçons de son oncle sur ses intentions.

Rolfe revint au moment où Yates apportait une collation. Il y avait un peu de jambon froid, deux bols de soupe au lapin bien fumante et un morceau de fromage de Stilton.

Yates s'excusa de ne pas avoir trouvé plus à leur offrir, ayant été prévenu tardivement, mais ni Zarina, ni Rolfe ne s'intéressaient vraiment à ce qu'il y avait à manger.

Zarina venait de s'asseoir quand Rolfe

poussa une exclamation et sortit de la pièce. Il revint au bout de quelques minutes avec une bouteille de bordeaux à la main.

— Je viens de me rappeler cela, dit-il. Il n'y a plus rien dans la cave qui n'ait été marqué pour être vendu sauf ce très bon bordeaux que je gardais pour mon dîner de ce soir.

— J'ai pour règle de ne pas toucher à l'alcool, dit Zarina, mais je pense que nous pourrions porter un toast à notre avenir.

— Je suis d'accord, naturellement ! assura Rolfe. Il versa le bordeaux et ils trinquèrent solennellement. Puis Zarina avala sa soupe et prit un peu de jambon. Quand Yates eut quitté la pièce afin d'aller leur chercher du café pour finir le repas, elle demanda :

— A quelle heure passerez-vous me prendre demain matin ?

— Le plus tôt possible, dit Rolfe. J'avais l'intention de prendre l'omnibus de nuit pour Londres. Il s'arrête à la gare à cinq heures et demie et nous pourrions être à Tilbury avant midi.

— Si je suis prête à cinq heures moins le quart, dit Zarina, je peux espérer que ce sera avant l'inspection des troupes par le général.

— Où vous prendrai-je ? demanda Rolfe, il ne serait pas prudent que je vienne à la grande porte...

— Non, évidemment. Arrêtez-vous au bout des écuries, du côté de l'enclos. Les palefreniers ne devraient pas être encore levés, mais même s'ils me voient, cela n'aura pas d'importance.

— Non, bien sûr que non, acquiesça Rolfe, et quand ils apprendront que nous nous sommes enfuis, ils trouveront sans doute cela très romantique.

— Nous ne devons pas commettre d'erreurs, dit Zarina d'une voix sérieuse.

Elle pensait à la fureur de son oncle quand il apprendrait qu'ils s'étaient enfuis. Elle était certaine que s'il découvrait où elle était allée, il essaierait de la rattraper d'une manière ou d'une autre. Puis elle se dit qu'il y avait très peu de chances pour que le général pense à aller à Tilbury si elle annonçait dans sa lettre qu'elle partait pour la France.

Il se précipiterait probablement vers Douvres, alors qu'ils seraient déjà en haute mer, voguant vers les Indes.

Ils burent leur café et Rolfe prit un second verre de vin avant de tirer sa montre de son gilet.

— Il va être deux heures dans quelques minutes, la salle doit être comble maintenant.

Il se leva de table.

— Bonne chance, dit Zarina.

Il lui sourit et sortit.

Elle resta quelques instants pour remercier Yates et s'apprêta à aller voir Mme Blossom. Puis elle s'avança dans le corridor qui menait vers le fond de la grande salle dont la porte était ouverte. Elle s'arrêta pour regarder la foule qui se pressait devant l'estrade.

Elle aperçut Rolfe discutant avec un homme qui était, de toute évidence, le commissaire-priseur. Elle vit aussi Bennett debout, juste derrière lui. L'assistant était déjà assis à sa table. Sur l'insistance de Rolfe, le commissaire-priseur, l'air étonné, descendit de l'estrade et Rolfe prit sa place. Il se tint debout, très grand et aussi bel homme que l'était son frère, pensa Zarina.

Le silence se fit tout à coup. Elle dénombra dans la grande salle plus de cent personnes. Toutes avaient les yeux fixés sur Rolfe. Elle discernait, dans les premiers rangs, des hommes qui, à coup sûr, étaient venus de Londres. Ils étaient là pour se saisir du produit de la vente dès que celle-ci serait terminée. Ils avaient un côté très déplaisant dû à leurs regards perçants et à leurs bouches dures. Ils n'auraient pas hésité, pensait-elle, à envoyer Darcy en prison s'ils y avaient eu quelque intérêt, ou même simplement par vengeance.

— Messieurs, commença Rolfe d'une voix qui était renvoyée en écho par les murs de la grande salle, je suis le comte de Linwood et j'aurais voulu pouvoir vous accueillir ici aujourd'hui dans de plus agréables circonstances.

Il marqua un temps et jeta un regard circulaire sur la foule avant de continuer :

— Vous êtes venus, certains d'entre vous de très loin, pour acheter ce que contient le prieuré et le prieuré lui-même. Je dois donc vous faire des excuses, car votre déplacement a été inutile et je vous l'aurais épargné si j'avais pu.

Il y eut un murmure d'étonnement dans la salle avant que Rolfe poursuive :

— Je puis cependant vous informer que l'argent que pouvait vous devoir mon frère va vous être totalement remboursé, dès maintenant. Si vous voulez bien présenter vos créances à M. Bennett qui est assis à la table devant moi, il établira vos chèques dont je vous promets l'encaissement immédiat si vous les portez à la banque Coutts dans Haymarket.

La rumeur s'enfla alors jusqu'à ce qu'un des hommes s'avance en criant :

— Pourquoi qu'on nous a pas dit ça plus tôt, et qu'est-ce qui nous prouve que vous êtes pas en train de vous moquer de nous ?

— Il y a beaucoup de gens ici qui peuvent attester que je suis le comte de Linwood et je peux vous donner ma parole que les chèques que vous recevrez en paiement de ce qu'on vous doit seront honorés sans aucune difficulté.

— Je voudrais bien en être sûr ! cria celui qui avait déjà pris la parole. Qu'est-ce qui me garantit que c'est pas une astuce pour nous faire rentrer chez nous, comme ça vous pourrez vendre ce qu'y a ici à d'autres et nous on aura rien.

— Ça se pourrait bien, dit son voisin.

D'autres commencèrent à se rallier à eux et le ton monta. Zarina leur trouvait un air menaçant. Rolfe ne savait évidemment pas très bien quoi dire mais il fallait pourtant qu'il parvienne à convaincre les créanciers que l'argent qui manquait hier était là aujourd'hui.

Ils avaient dû enquêter sérieusement sur l'état des finances de son frère et sans doute aussi de son père, avant d'en arriver à menacer Darcy de la prison.

Bennett, qui avait pris la place du commissaire-adjoint, semblait soucieux. Il avait en main un chéquier mais cela ne garantissait nullement aux gros créanciers qu'un chèque présenté à la banque serait honoré.

— Que la mise en vente commence comme prévu, crièrent ceux qui s'étaient montrés agressifs dès le début. On partira pas d'ici sans avoir quelque chose en main.

— Ouais ! C'est ça, cria un autre.

Il y eut un murmure d'approbation de la part des autres créanciers.

A ce moment-là, Zarina comprit ce qu'elle avait à faire. Elle se fraya un chemin à travers la foule jusqu'à l'estrade du commissaire-priseur. Celle-ci était surélevée d'un mètre au-dessus du plancher et faisait penser à une chaire avec ses deux marches d'accès. Elle y monta. Quand elle fut aux côtés de Rolfe, celui-ci dit à voix basse :

— Ne vous embarquez pas dans cette affaire !

— Ils ne vont pas vous croire si je ne leur dis pas qui je suis, répliqua-t-elle. Présentez-moi.

Il hésita un instant. Alors ceux qui menaient l'agitation crurent que Rolfe se livrait à une manœuvre et réclamèrent à nouveau le commissaire-priseur. N'ayant plus le choix, Rolfe, à regret, demanda le silence en agitant la main.

— Puisque vous doutez de ma parole, dit-il, je vous présente Mlle Zarina Bryden qui m'a fait l'honneur de consentir à être ma femme.

Il y eut un mouvement de surprise puis un instant de silence. En même temps, Zarina entendit distinctement plusieurs personnes dire : « L'héritière ! C'est la fameuse héritière ! » C'était le mot qu'elle avait si souvent entendu, dans les salles de bal londoniennes. Maintenant, il courait de bouche en bouche parmi les assistants.

Les contestataires chuchotèrent entre eux pendant quelques instants encore, puis celui qui menait les choses depuis le début déclara :

— Si Mlle Bryden vous apporte sa caution, alors ça nous suffit.

— Bien sûr, je le cautionne, assura Zarina et j'espère que vous allez tous nous souhaiter bonne chance et beaucoup de bonheur pour l'avenir.

Il n'y avait rien à ajouter et tous se ruèrent vers Bennett, en brandissant leurs créances pour qu'il en voie le montant.

Zarina descendit de l'estrade et Rolfe la suivit. Alors, comme ils s'apprêtaient à sortir, un certain nombre de femmes de l'assistance accoururent pour leur serrer la main et les féliciter. Puis vint un homme et plusieurs retraités qui avaient dû trouver longue la route depuis le village.

C'étaient des gens du domaine de Rolfe, des anciens, et ils avaient beaucoup de choses à lui dire. Au bout de quelques minutes, Zarina s'écarta de lui, ne voulant pas se faire trop pesante. Il était déjà assez fâché d'avoir dû accepter son argent.

Elle se dit qu'au lieu de rester avec lui, elle ferait mieux de saisir cette occasion pour faire le tour du prieuré.

Bien que les pièces eussent été vidées de la plupart des objets dont elle gardait le souvenir, il serait réconfortant pour Rolfe, quand il serait aux Indes, de savoir que tout serait remis en place, et que le prieuré retrouverait son aspect de toujours.

Pour l'instant, il y avait trop de monde pour que Zarina puisse quitter la grande salle par la porte qui menait à la bibliothèque. Elle sortit donc par l'autre côté, passant devant le bureau du prieur, en direction de la chapelle. Elle y entra et la trouva aussi belle que dans son souvenir.

Ceux qui avaient organisé la vente n'avaient pas touché à la croix qui surmontait l'autel. Ils n'avaient pas pris, non plus, les très anciens et très précieux candélabres.

Zarina savait pourquoi ces objets avaient été épargnés. Beaucoup de gens étaient trop superstitieux pour toucher ou emporter un objet appartenant à une chapelle consacrée.

Elle pensa que le commissaire-priseur avait sans doute l'intention de laisser le mobilier de la chapelle à l'acheteur du prieuré. Celui-ci pourrait toujours tenter le sort en les enlevant si tel était son désir.

Le prie-Dieu, magnifiquement sculpté, se trouvait toujours devant les marches de l'autel et elle s'y agenouilla. Elle remercia Dieu de lui avoir montré le chemin à suivre pour échapper au duc. Elle Le pria de les protéger, elle et Rolfe, pendant leur voyage. Elle ne savait pas bien ce qui se passerait alors. Elle se demandait si elle pourrait quitter Rolfe sans que le duc revienne à la charge.

— Aidez-moi, aidez-moi, mon Dieu... pria-t-elle, car sans Vous et sans Rolfe pour me protéger, j'aurais très peur.

Quand elle ouvrit les yeux, un rai de soleil brillait à travers le vitrail au-dessus de l'autel. Il effleura la croix d'or et elle sentit qu'il se posait sur sa tête. Cela lui parut être le signe que Dieu l'avait entendue...

4

Zarina demeura quelque temps dans la chapelle. En sortant, elle se dit qu'elle irait voir Mme Blossom, comme elle l'avait promis. Il faudrait évidemment un bon moment pour que toutes les personnes de l'assistance montrent leurs créances et se fassent établir des chèques.

A peine avait-elle fait quelques pas qu'elle vit deux hommes se diriger vers elle. Elle reconnut l'un d'eux comme le meneur parmi les contestataires de la salle. A force de jouer des coudes, il avait, semblait-il, réussi à être payé le premier. C'était un homme au physique grossier, habillé de façon voyante. Elle lui trouva un visage de fourbe.

Elle allait passer quand ils lui barrèrent le passage.

— On vous cherchait, mademoiselle Bryden, dit l'homme au costume voyant.

— Moi ? interrogea Zarina en levant les sourcils.

— Oui, on a quelque chose à vous montrer.

Zarina se demanda ce que cela pouvait être et voulut passer. Puis, comme ils continuaient à marcher à ses côtés, elle finit par se dire que ce serait impoli de sa part de ne pas les suivre.

Ils avancèrent dans le couloir, presque jusqu'à la cuisine.

L'homme ouvrit alors la porte d'une pièce où elle n'était encore jamais entrée. Elle se douta que, du temps du comte, c'était celle qu'utilisait son secrétaire.

Il y avait un bureau, au centre, et des cartes sur les murs. Un certain nombre de boîtes de métal noir qui pouvaient avoir renfermé des archives sur les fermes et sur le domaine étaient empilées dans un coin. Il n'y avait personne dans la pièce.

Zarina était sur le point de demander pourquoi ils l'avaient amenée ici, quand elle se rendit compte que l'homme avait refermé la porte derrière lui, de manière quelque peu abrupte.

— Qu'est-ce que c'est ? demanda-t-elle vivement. Que voulez-vous que je voie ?

— Eh ben, il se trouve, mademoiselle Bryden, que quand on m'a payé ce qu'on me devait, dans la salle, je me suis aperçu que j'avais mon compte dans la même banque que vous, la banque Coutts.

Zarina se raidit. Elle n'aimait pas le ton de familiarité qu'il prenait.

— Eh ben, ce qui me vient à l'esprit, continua-t-il, c'est qu'une jeune dame riche comme vous, qu'a tellement d'argent, ça lui manquerait pas d'en avoir un peu moins.

— Je ne comprends pas ce que vous dites, dit Zarina, et je souhaite sortir.

Elle se retourna et constata alors que l'autre homme, qui n'avait pas parlé, se tenait devant la porte. Il lui fit comprendre, sans un mot, qu'il ne la laisserait pas passer.

Elle hésita et le premier continua :

— C'est très simple, mademoiselle Bryden. Tout ce que vous avez à faire, c'est signer ce chèque-là, qui est à mon nom, et je suis bien sûr que la banque l'honorera. Après tout, pourquoi ils refuseraient, quand ils ont à disposition un tas d'argent à vous ?

Il se moquait d'elle et Zarina dit avec colère :

— Je n'ai aucune envie de continuer cette conversation et je souhaite rejoindre M. le comte.

— Y en a que pour deux secondes, dit l'homme, vous avez qu'à mettre votre signature là-dessus.

En disant cela, il posa le chèque sur la table. Presque sans le vouloir, Zarina regarda le chiffre qui y était inscrit : vingt mille livres !

— Si vous croyez que je vais signer cela, vous vous trompez lourdement ! De toute façon, je suis sûre que la banque aurait des soupçons si vous présentiez un chèque pour une aussi grosse somme.

— Je trouve ça très improbable vu le montant total des dettes de votre copain « Môssieu le comte dé Truc Machin ». Si c'est vous qui entretenez Môssieu le comte, comme je le pense, alors ça doit vous coûter cher, et vingt mille livres de plus ou de moins, ça tire pas à conséquence.

— Pour moi, cela tire à conséquence car ce que vous cherchez à faire n'est pas seulement irrégulier, c'est une escroquerie.

— Bon, eh ben, si c'est votre dernier mot, ça va me forcer à utiliser des méthodes un peu plus persuasives.

Aussitôt, il passa brusquement un mouchoir sur le visage de Zarina et la bâillonna. Elle commença à se débattre.

Le deuxième homme s'avança pour lui lier les bras. Elle se sentit abandonnée. Le premier sortit alors de sa poche une longue chaîne de métal brillant. Zarina reconnut le genre de chaînes dont se servent les cochers pour tenir les malles en place, sur les voitures, et aussi pour les cadenasser de façon qu'on ne puisse pas les voler. L'homme l'enroula brutalement autour de sa taille et de ses bras puis attacha les extrémités. Elle ne put s'en dégager.

— Ouvre la porte, Bill ! commanda-t-il, et vérifie que la route est libre.

Bill fit ce qu'on lui disait, regardant des deux côtés du couloir. Puis son compère, qui apparemment s'appelait Alf, poussa Zarina tandis que Bill la tirait brutalement. Elle pensa à se jeter par terre, mais elle savait qu'ils n'hésiteraient pas à la traîner, à moins qu'ils ne trouvent plus façile de la porter.

Elle ne pouvait rien faire d'autre que prier pour que quelqu'un arrive. Elle savait, cependant, que dans cette aile du prieuré, où était située la cuisine, Mme Blossom devait être aux fourneaux. Les autres domestiques, et il ne restait que les plus anciens, devaient se trouver avec tout le monde sur le devant.

Les deux hommes, soutenant chacun Zarina, ne marchèrent pas longtemps avant de bifurquer. Elle eut un haut-le-corps quand elle se rendit compte qu'ils se dirigeaient vers les caves. Elle n'y était allée qu'une ou deux fois quand les garçons l'y avait emmenée, dans son enfance. Elle savait cependant que les caves étaient vastes et descendaient profondément sous la bâtisse elle-même.

La porte de la première cave était ouverte et elle vit que le vin, prêt à être vendu, avait été étiqueté comme le mobilier. Il n'y en avait pas une grande quantité. La pièce suivante était presque vide et sombre, mais Bill alla chercher une lanterne cachée dans un coin. La présence de cette lanterne révéla à Zarina que les deux hommes étaient déjà venus. Ils avaient dû décider à l'avance de l'amener là si elle refusait de signer le chèque.

L'autre homme montra alors le chemin à travers un tunnel étroit qui donnait sur une autre cave voûtée, complètement vide.

Zarina commença à avoir très peur. S'ils la laissaient là, il était bien improbable que quiconque la trouve. Pourquoi viendrait-on jusque dans les dernières caves qui étaient vides alors que seule la première était utilisée ?

La troisième cave se terminait par ce qu'elle

prit d'abord pour un mur de briques. Pourtant il y avait une porte, basse et étroite, qui grinça quand Bill l'ouvrit.

La quatrième cave était bien plus petite que les précédentes et très humide. On n'y voyait pas une bouteille ni un tonneau mais, dans le mur, se trouvait une sorte de souterrain. La porte était lourde et Zarina comprit pourquoi ces hommes l'avaient amenée là.

Ils la plaquèrent derrière la porte, et détachant la chaîne qui entourait sa taille, ils la glissèrent dans un orifice de la porte elle-même. L'homme ferma le cadenas puis remit la clef dans sa poche et dit :

— Bill et moi, on va juste aller manger un morceau. On reviendra d'ici deux ou trois heures. A ce moment-là, y me semble que vous aurez changé d'avis, pour le chèque. Si c'est pas le cas, vous pourriez le regretter.

Zarina était paralysée par la peur.

Il se tint face à elle en la regardant à la lumière de la lanterne, avant d'ajouter :

— Vous êtes un joli petit lot et ça me fait penser qu'y aurait peut-être un autre moyen de vous rendre plus accommodante !

Le ton de sa voix et l'éclat de son regard firent frissonner Zarina.

— Allez viens, Alf, dit Bill. Laisse-la réfléchir.

— Bon... bon... répondit Alf, un peu à regret. Au revoir, jolie dame, et ne m'oubliez pas jusqu'à ce que je revienne.

Il ricana et sortit du souterrain avec Bill, en refermant la porte derrière eux.

Zarina les entendit gravir les marches et s'éloigner, puis ce fut le silence. Elle songea qu'elle avait été bien stupide de suivre les deux hommes, mais il était maintenant trop tard pour les regrets. Elle pensa alors, avec horreur, à ce qui se passerait quand ils reviendraient. Même si elle signait le chèque, elle avait l'impression qu'ils pourraient bien l'abandonner là.

Qu'importe vingt mille livres, quand... c'est une question de vie ou de mort. Je vais mourir... je vais mourir ici, pensa-t-elle, affolée, et personne ne saura jamais ce qui m'est arrivé...

Elle se tourna, se tortilla en tous sens, mais la chaîne autour de sa taille et de ses bras était trop serrée et solide. Elle aurait beau tirer de toutes ses forces, jamais elle ne pourrait la briser. Elle essaya de libérer ses bras, mais ne réussit qu'à se faire mal.

Ce fut alors qu'elle s'aperçut qu'en frottant l'arrière de sa tête contre la porte du caveau à laquelle elle était attachée, elle pouvait espérer retirer le bâillon. Elle le frotta dans tous les sens. Enfin, alors qu'elle allait renoncer, elle parvint à libérer sa bouche, puis son menton. Au moins était-ce un peu moins inconfortable que d'être bâillonnée.

Cependant, elle était assez lucide pour savoir qu'il était inutile de crier : personne ne l'entendrait. Elle se rappelait à présent que son père disait que le prieuré était construit sur de solides fondations. Il était là depuis trois siècles et il tiendrait facilement trois siècles de plus.

Que puis-je faire ? se demanda Zarina. Elle pensa au rayon de soleil qui avait traversé le vitrail de la chapelle. Cela lui avait paru alors comme un signe du destin. Seule la prière pouvait lui venir en aide maintenant.

« Aidez-moi... aidez-moi... mon Dieu ! » pria-t-elle.

Elle supplia aussi son père. Il aurait été fou de douleur en voyant l'épreuve à laquelle elle se trouvait confrontée maintenant.

Elle essaya de penser au temps qu'il faudrait à Rolfe pour s'apercevoir de son absence. Il allait être occupé dans la grande salle pendant longtemps s'il aidait Bennett à régler les dettes. Il donnerait aussi des ordres pour que les aides du commissaire-priseur et les domestiques remettent les tableaux et les meubles là où ils les avaient pris. On n'avait pas déplacé le vin, il n'y avait donc aucune raison d'espérer que quiconque vienne dans les caves.

Rolfe croira que je suis rentrée chez moi, se dit-elle. Elle se souvint alors que Bennett était venu avec elle. Au moins, quand il irait chercher son propre cheval, il verrait *Kingfisher* dans l'écurie. Mais quand ? Sûrement pas avant le retour de ses ravisseurs... Elle sentit le froid et la peur la gagner.

Une heure plus tard, ou peut-être plus, car Zarina avait perdu toute notion du temps, elle entendit un bruit, très faible et très éloigné. Elle tendit l'oreille, craignant un instant qu'il ne fût pas d'origine humaine. Un rat, peut-être... ? Elle était sûre qu'il y en avait dans les profondeurs. Puis le bruit se produisit à nouveau et soudain elle pensa que quelqu'un ouvrait peut-être les portes des autres caves.

Quelqu'un ! Le mot résonnait dans sa tête, lui rappelant qu'il s'agissait certainement de Alf et de Bill. Ils exigeraient d'elle qu'elle signe le chèque. Si elle le faisait... la libéreraient-ils ? Elle était assez intelligente pour en douter. Ils la laisseraient ici, prisonnière, et s'en retourneraient à Londres.

Une fois qu'ils auraient l'argent, il n'y avait guère de chance qu'ils se soucient de son sort et il y avait même toute raison de craindre qu'ils ne la tuent avant de partir, afin de ne pas laisser de témoin.

Le mouchoir dont s'était servi Alf pour la bâillonner était encore autour de son cou. Le serrerait-il un peu plus ? Elle sentit un cri lui monter aux lèvres. C'est alors qu'elle prit conscience d'un bruit de pas, juste à l'extérieur du caveau. Dans une minute, Alf et Bill seraient devant elle. Pourtant, chose étrange, les pas s'étaient arrêtés et l'idée lui vint qu'elle avait entendu les pas, non de deux hommes, mais d'un seul.

Soudain un éclair traversa son esprit. Peut-être n'était-ce pas eux, mais quelqu'un qui la cherchait. Rolfe ! Était-ce possible que ce soit lui ? Pendant un instant, il lui fut impossible d'émettre un son. Puis une voix, étrangement différente de la sienne, cria :

— Au secours ! A l'aide ! Venez à mon secours... !

Le cri se répercuta en écho sur les murs du caveau. Puis quelqu'un appela :

— Zarina ! Êtes-vous là ? Où êtes-vous ?

C'était Rolfe !

Un instant, elle ne put répondre, complètement abasourdie.

— Ici... Je suis ici !

Elle l'entendit s'approcher de la petite porte. Il l'ouvrit et se pencha pour entrer. Il avait une lanterne à la main et la leva au-dessus de sa tête.

— Rolfe ! R... Rolfe... dit-elle dans un sanglot, tandis que les larmes commençaient à couler sur ses joues.

Rolfe posa la lanterne à terre et fut près d'elle en deux enjambées.

— Que diable se passe-t-il donc ici ? demanda-t-il.

Zarina ne put que murmurer des mots incohérents :

— Vous êtes là... Vous êtes là... J'ai cru... mourir... Ils m'ont laissée ici... mais ils vont revenir...

— « Ils » ?... Qui sont ces « Ils » ?

— Deux hommes qui voulaient que je signe un chèque de vingt mille livres... articula Zarina.

Rolfe s'efforçait de défaire la chaîne qui entourait sa taille mais le cadenas résistait.

— Je ne peux pas y arriver seul, dit-il, il faut que j'aille chercher de l'aide.

— Non ! Non, je vous en prie... s'écria Zarina. Je ne supporterai pas que... que quelqu'un d'autre sache... ce qui m'est arrivé.

Elle se disait que ce serait humiliant. Ce serait affreux si les domestiques apprenaient qu'elle avait été ligotée et victime d'un chantage. C'était le genre d'histoire qui ferait le tour du comté et les gens riraient, tout en pensant que c'était bien fait pour elle qui avait tant d'argent.

Comme s'il avait deviné ses sentiments, Rolfe dit :

— Attendez un instant ! J'ai aperçu quelque chose en entrant. (Il ramassa la lanterne en sortant.) Je n'en ai que pour une minute ou deux.

Elle l'entendit retourner rapidement sur ses pas, jusqu'à la seconde cave. Elle retenait son souffle et les larmes étaient encore humides sur ses joues.

Quand Rolfe revint, il tenait à la main une grosse hache qui devait servir à ouvrir les tonneaux. Il posa la lanterne et dit :

— Il faut vous pencher en avant, autant que vous le pouvez, sinon vous seriez impressionnée par ce que je vais faire.

— Tout ce qui importe, c'est que je sois libre, répondit-elle.

Elle obéit. Elle le vit lever la hache au-dessus de sa tête puis l'abattre sur la chaîne. Le coup la rompit. Par la même occasion, il défonça un panneau de la porte qui tomba sur le sol dans un grand bruit.

Zarina était libre ! Elle réussit à se débarrasser de la chaîne et se frotta les bras aux endroits endoloris. Puis, tout à coup, elle fut prise d'un vertige. Elle avait dû chanceler, car Rolfe la soutint d'un bras.

— Tout va bien, maintenant, dit-il. C'est fini. Je vais retrouver ces hommes et les tuer.

Zarina ne répondit pas. Elle ferma les yeux et reposa la tête sur son épaule.

— Sortons d'ici, proposa Rolfe. Pouvez-vous marcher ou voulez-vous que je vous porte ?

— Je... je vais très... bien, balbutia-t-elle.

Rolfe jeta la hache par terre et lui entoura l'épaule de son bras. Il ramassa la lanterne de sa main libre et ils avancèrent lentement. Traversant cave après cave, ils atteignirent l'entrée du sous-sol. Un rayon de soleil éclairait le corridor par l'une des fenêtres. Zarina essuya ses larmes.

— Ce qu'il vous faut, c'est quelque chose à boire, déclara Rolfe en regardant les bouteilles de vin.

— J'ai... j'ai promis d'aller voir Mme Blossom et... en fait, je préférerais... une tasse de thé.

— Très bien. C'est plus normal pour une jeune fille qui ne veut pas qu'on sache ce qui s'est passé.

— Maintenant, il faut faire attention. Ces hommes vont revenir... Ils peuvent vous faire du mal...

— Je ferai en sorte que cela n'arrive pas. A présent, venez à la cuisine et laissez-moi prendre quelques dispositions avant de vous raccompagner chez vous.

— Est-ce que... est-ce que Bennett est... parti ? s'enquit Zarina.

— Il est parti dès qu'il a eu fini de payer les créances. Il pensait que vous restiez avec moi. Je lui ai dit que je vous raccompagnerais chez vous. C'est seulement après son départ que je vous ai cherchée.

— Je ne pensais pas... que vous regarderiez... dans la cave.

— Je ne l'aurais peut-être pas fait si Yates ne m'avait dit qu'il avait vu deux hommes en sortir. Il pensait sans doute qu'ils allaient voler le vin, mais quand j'ai regardé, il ne manquait rien.

Il lui sourit avant de continuer :

— Et alors, par chance, j'ai décidé de jeter un coup d'œil aux autres caves.

— Ce doit être mon ange gardien qui vous a dit ce que vous deviez faire, murmura Zarina.

Elle pensait qu'en réalité c'était Dieu et son père qui avaient guidé Rolfe jusqu'à elle, mais elle était trop timide pour le lui dire.

Ils entrèrent dans la cuisine où Mme Blossom attendait.

— Je pensais que vous nous aviez oubliés, Mademoiselle Zarina. M. Yates m'avait dit que vous viendriez et je vous ai attendue.

— Vous deviez bien savoir que je ne serais pas partie sans être venue vous voir, dit Zarina en souriant.

— Ce qui ferait plaisir à Mademoiselle Zarina, dit Rolfe, c'est une tasse de thé avec beaucoup de sucre. Elle s'est épuisée à visiter tout le prieuré et je vous ai toujours entendue dire, madame Blossom, qu'il n'y a rien de tel qu'une bonne tasse de thé.

— Ça, c'est bien vrai ! s'exclama Mme Blossom, et si c'est ça que veut Mademoiselle Zarina, elle va en avoir tout de suite, puisqu'y se trouve justement que je suis en train de m'en faire une tasse pour moi.

La théière trônait sur la cuisinière. Rolfe s'éclipsa et Mme Blossom versa le thé de Ceylan dans deux grandes tasses.

— Vous avez l'air un peu pâlotte, Mademoiselle Zarina, remarqua-t-elle tout en le versant, et au lieu d'un sucre, je vais mettre une cuillerée de miel dans votre thé. Y a rien de tel que le miel pour vous requinquer.

— C'est exactement ce qu'il me faut, acquiesça Zarina.

Elle but le thé et se sentit mieux. Elle resta assise à bavarder avec Mme Blossom, l'écoutant raconter toutes les petites histoires locales jusqu'au retour de Rolfe.

Lorsqu'il entra dans la cuisine, Mme Blossom lui dit :

— C'est-y vrai, Monsieur le comte, ce que m'a dit M. Yates, que vous et Mlle Zarina êtes fiancés ?

— C'est vrai, madame Blossom, répondit Rolfe, et j'emmène Zarina en France, demain, pour la présenter à ma famille. Ils seraient vexés de ne pas avoir fait sa connaissance avant que le faire-part ne soit publié dans les journaux.

— Ça sera très bien pour tous les deux, dit Mme Blossom, et quand vous serez de retour, on aura remis le prieuré dans l'état qu'il était du vivant de Madame la comtesse.

— Je suis sûr que vous ferez cela pour moi, dit Rolfe calmement.

Il emmena Zarina vers les écuries. Il avait apparemment déjà donné des ordres. L'un de ses chevaux et *Kingfisher* les attendaient, sellés. Ils partirent à travers le parc.

Zarina jeta un regard sur l'allée comme si elle s'attendait à voir Alf et Bill. Ils allaient revenir, exigeraient sa signature et se précipiteraient à Londres pour encaisser le chèque.

— Comment allez-vous empêcher ces hommes de revenir dans la maison ? demanda-t-elle à Rolfe.

— J'ai averti Yates car je m'attends bien à ce que toute cette racaille à qui Darcy devait de l'argent essaie de voler ce qu'ils n'ont pu acheter. Yates et d'autres domestiques vont fermer tous les volets et verrouiller les portes. Deux palefreniers se sont proposés pour monter la garde et ils sont ravis de gagner la prime que je leur ai promise.

— Vous avez très bien fait. Mais, je vous en prie, faites attention à vous. Et souvenez-vous que vous passez me prendre de très bonne heure demain matin.

— Je n'ai pas oublié, dit Rolfe.

Ils chevauchaient sous les arbres et, au bout d'un moment, Zarina dit :

— Vous savez, je n'ai pas de passeport.

— Je vous mettrai sur le mien, dit Rolfe d'un ton laconique.

Elle sentit que cela l'agaçait et s'empressa donc d'ajouter :

— Ce sera exaltant d'aller aux Indes ! C'est un pays que j'ai toujours rêvé de visiter.

— Je crains, dit Rolfe assez froidement, qu'avant même d'y être arrivée, vous n'ayez hâte de revenir en Angleterre pour retrouver le confort auquel vous êtes habituée.

Zarina se rendit compte qu'une fois de plus, il lui en voulait d'avoir dû lui emprunter de l'argent. Il était décidé à ne pas en dépenser un sou pour lui-même. Elle se dit qu'il serait maladroit d'en discuter et dit, au contraire :

— Dans quelques minutes, nous atteindrons la plaine et je veux faire galoper *Kingfisher*. Si on faisait la course ?

— Je vais certainement vous battre, répondit Rolfe.

— Cela m'étonnerait que vous y parveniez ! lança Zarina.

Ils firent la course sur plus d'un kilomètre et le cheval de Rolfe arriva premier, dépassant *Kingfisher* d'une courte tête. Zarina savait que seul un cavalier exceptionnel était capable d'un tel exploit.

Alors qu'ils ramenaient leurs montures au pas, elle dit :

— Je me sens beaucoup mieux maintenant.

— Je vous conseille de rentrer et de dormir, dit Rolfe. Vous êtes passée par des moments très éprouvants et je ne tiens pas à ce que vous vous évanouissiez dans mes bras demain.

— Rassurez-vous, je me réveillerai à temps, promit Zarina. Ce que je veux éviter, c'est une dispute avec mon oncle.

— Vous avez raison, acquiesça Rolfe.

— Je crois qu'en fait, il s'attend à me voir plutôt tranquille et docile, dit Zarina.

— Alors c'est ainsi que vous devez vous comporter...

A sa surprise, il mit soudain son cheval au pas.

— Êtes-vous bien sûre que ce soit la meilleure solution ? demanda-t-il. Peut-être qu'en expliquant calmement à votre oncle à quel point le duc vous déplaît, il accepterait de renoncer à son idée et vous laisserait chercher quelqu'un qui vous conviendrait mieux.

— A ses yeux, personne ne pourrait mieux me convenir que le duc de Malnesbury et je sais, Rolfe, que si vous ne m'emmenez pas, il trouvera un moyen de m'obliger à l'épouser. Alors je serai perdue pour toujours.

Il y avait dans sa voix un accent de terreur qui n'échappa pas à Rolfe.

— Très bien, dit-il. Je passerai vous prendre à cinq heures moins le quart. Ne soyez pas en retard, car si nous manquons le train, nous pourrions aussi bien manquer le bateau.

— J'y serai, promit Zarina, et je vous remercie.

Elle marqua un temps avant d'ajouter :

— Je crois que ce serait une erreur que vous entriez maintenant et que vous rencontriez oncle Alexander. Je prie le ciel que personne ne lui ait déjà rapporté l'annonce de nos fiançailles lors de la vente.

— Je pense que cela va rester un secret jusqu'à demain matin, dit Rolfe. Ensuite, les domestiques vont certainement en parler.

— Oui, sans doute, répondit Zarina. Au revoir, Rolfe, et merci encore !

— J'ai beaucoup de gratitude à vous exprimer également.

— Gardez-la pour le voyage, fit-elle en s'éloignant rapidement.

Lorsqu'elle atteignit la cour de l'écurie, Jenkins sortait.

— Ah ! Vous voilà, Mademoiselle Zarina ! s'exclama-t-il avec un soulagement évident. Je vous croyais perdue.

— Je suis allée loin, expliqua Zarina.

— Je me doutais un peu que c'est ça que vous feriez le jour de votre retour. Et comment avez-vous trouvé le domaine ?

— Magnifique, dit Zarina en souriant. Juste comme je m'y attendais. Et *Kingfisher* a été superbe. Vous l'avez gardé en très bonne forme.

— C'est juste ce que j'espérais que vous diriez, répondit Jenkins. Est-ce que vous monterez encore demain ?

— Je verrai, dit Zarina évasivement. Merci, Jenkins. Bonsoir.

— Bonsoir, Mademoiselle Zarina, ça fait comme au bon vieux temps de vous avoir ici.

Jenkins conduisit *Kingfisher* dans son box et Zarina se dirigea vers la maison. Soudain, elle se sentit incapable de se trouver en face de son oncle pendant le dîner. Elle traversa les couloirs jusqu'au grand salon et y trouva Duncan, comme prévu.

— J'ai fait une longue course à cheval, Duncan, dit-elle, et je suis morte de fatigue. Voulez-vous dire au général que je suis allée me coucher ? Je voudrais qu'on m'apporte quelque chose sur un plateau.

— Très bien, Mademoiselle Zarina. De toute façon, le général ne sera pas seul.

— Pas seul ?

— Non, Mademoiselle. Il a invité le pasteur et sa femme à dîner.

— Charmante soirée ! s'exclama Zarina. Eh bien, faites-leur mes excuses. J'ai eu une longue journée.

— Je suis sûr qu'ils comprendront, Mademoiselle, répondit Duncan.

Zarina se dépêcha de monter, craignant de rencontrer son oncle avant d'atteindre sa chambre. Elle savait très bien pourquoi le pasteur avait été invité à dîner : c'était pour que son oncle pût convenir des dispositions à prendre pour le mariage. Comme c'était sa maison et son domaine, les gens qu'elle employait étaient en droit d'attendre qu'on dresse une tente où ils pourraient boire à sa santé de la bière et du cidre. Il ne faisait aucun doute qu'ils espéreraient aussi un feu d'artifice, le soir venu, après le départ des mariés en voyage de noces.

Tout ça demanderait beaucoup de préparation. Le général y prendrait plaisir, elle le savait. Elle était sûre qu'il était déjà en train de dresser la liste des invités. Ceux-ci seraient très nombreux, cinq cents ou plus, et on les recevrait, naturellement, dans la salle de bal.

Son mariage, Zarina y avait pensé souvent quand tant d'hommes voulaient l'épouser, mais, que le marié fût un vieillard — duc ou pas duc —, avait quelque chose d'effrayant et de choquant.

Une fois de plus, elle tremblait de peur. Elle avait peur qu'après tout ce qu'elle avait réussi à organiser avec Rolfe, son oncle trouve le moyen de l'empêcher de s'enfuir. Et maintenant elle aurait vraiment voulu se reposer, après son aventure éprouvante, mais il lui fallait pourtant préparer ses bagages.

Elle laissa sa femme de chambre la déshabiller et se mit au lit, puis elle mangea l'excellent dîner qu'on lui avait monté sur un plateau. Quand elle eut terminé, elle dit qu'elle voulait dormir. Après s'être assurée qu'il n'y avait personne derrière la porte de sa chambre, elle gagna le grenier. C'était là qu'on rangeait les bagages. Puisqu'il lui faudrait être discrète le lendemain matin, elle ne pouvait prendre une malle qui aurait nécessité l'aide d'un valet.

Il y avait beaucoup de bagages qui s'étaient accumulés au fil des années. Elle trouva enfin deux valises légères ayant sans doute appartenu jadis à un domestique. Elles ne pouvaient se comparer aux valises en cuir véritable dont se servait sa mère, non plus qu'à celles qu'elle avait elle-même achetées à Londres.

Elle les descendit dans sa chambre et ferma la porte à clef avant de commencer à les remplir.

Elle se dit qu'elle ne devait prendre que des choses très simples si Rolfe avait dit vrai en parlant d'un cargo.

Malheureusement, les robes que sa tante

l'avait aidée à acheter à Londres étaient toutes très habillées et très élégantes. Elle choisit la plus simple comme tenue de voyage et retira la garniture du chapeau assorti, espérant ainsi passer inaperçue.

Ayant terminé ses bagages, elle écrivit à son oncle pour lui dire qu'elle allait en France. C'est seulement à ce moment-là qu'elle songea qu'il lui faudrait de l'argent. Rolfe avait beau dire qu'il ne lui laisserait rien payer, elle avait le sentiment qu'une fois arrivé aux Indes, il l'abandonnerait. Il n'y aurait plus aucune raison pour qu'elle ne rentre pas chez elle par un paquebot confortable. C'est alors qu'elle regretterait les toilettes qu'elle était aujourd'hui obligée de laisser derrière elle.

Il me faut de l'argent, pensa-t-elle, mais comment m'en procurer ? Elle avait un certain nombre de bijoux personnels qu'elle pouvait emporter. Et, bien sûr, elle avait aussi son chéquier. Elle avait tenu à avoir un chéquier à elle, en dépit des réticences de son oncle qui disait que son propre secrétaire paierait tout ce qu'elle dépenserait à Londres et que Bennett, par ailleurs, avait un pouvoir. Mais Zarina avait été inflexible dans sa volonté d'être indépendante. Elle se félicitait aujourd'hui d'avoir tenu bon et d'avoir finalement gagné la bataille.

Il me faut de l'argent liquide, pensa-t-elle. Elle se rappela alors que Bennett gardait toujours une grosse somme dans le coffre-fort pour payer les gages des employés, le vendredi.

On était jeudi. Tout devait donc être prêt pour le lendemain, en petites piles bien rangées.

Passant sa robe de chambre et ses pantoufles, elle descendit l'escalier, en espérant que personne ne la verrait.

Heureusement, son oncle était encore dans la salle à manger. Il devait sans doute parler du mariage avec le pasteur, et se montrer encore plus volubile, maintenant que l'épouse de celui-ci les avait laissés seuls prendre leur porto d'après-dîner. Elle patientait certainement dans le salon et Zarina évita donc le grand escalier.

Il lui fut facile de se glisser dans le bureau de Bennett sans être vue. Elle savait, depuis son adolescence, où était cachée la clef du coffre-fort. Souvent, sa mère l'envoyait y ranger ses bijoux. Simple précaution pour le cas où la maison aurait été cambriolée.

Ces jours-ci, Bennett avait eu à faire à l'autre bout du domaine. Il y avait peu de chances qu'il revienne à son bureau avant le lendemain.

Zarina trouva la clef dans la cachette habituelle et ouvrit le coffre. Elle ne s'était pas trompée : il y avait des piles de pièces et aussi des billets. Elle s'octroya deux cents livres et les remplaça par un petit mot signalant ce qu'elle avait pris. Puis elle referma le coffre et remit la clef dans le tiroir.

Elle s'arrangea pour regagner sa chambre sans être vue et se mit au lit. Elle trouvait qu'elle avait agi avec réalisme et beaucoup de bon sens. Son père l'aurait certainement félicitée pour la manière dont elle essayait de penser à tout. L'enjeu était de taille puisque toute erreur serait fatale !

Je voudrais tant que tu sois avec moi, papa, pensa-t-elle après qu'elle eut dit ses prières. Tu m'avais toujours promis de m'emmener en voyage. Maintenant, c'est avec Rolfe qu'il faut que je parte, alors qu'il ne veut pas de moi et qu'il trouvera sans doute de bonnes raisons pour ne pas me faire visiter les Indes quand nous y serons...

Puis elle se dit que rien d'autre n'avait d'importance que de parvenir à se libérer de son oncle et du duc.

Avant de s'endormir, elle régla la sonnerie du réveil sur sa pendule. C'était un nouveau modèle qu'elle s'était acheté dans Bond Street. Elle aimait aller à cheval de bonne heure et sa femme de chambre tardait quelquefois à la réveiller. Maintenant elle se réjouissait de pouvoir compter sur ce réveil qu'elle régla sur quatre heures.

Comme elle était épuisée, elle souffla les chandelles et s'étendit pour dormir. Elle songea une dernière fois qu'elle aurait pu se trouver encore dans les caves du prieuré et peut-être même avoir connu une mort brutale et révoltante.

Mais je suis vivante ! Je suis vivante ! se dit-elle. Et à moins de beaucoup de malchance, oncle Alexander ne me rattrapera pas !

5

Quand Zarina fut habillée, elle ouvrit prudemment la porte de sa chambre. Tout était calme et tranquille et le soleil levant commençait à poindre entre les rideaux. Après avoir vérifié que la voie était libre, elle posa la lettre qu'elle avait écrite à son oncle sur la table du couloir, devant sa porte. Puis elle empoigna ses deux valises et se glissa furtivement vers l'escalier de service.

Personne ne put la voir ni l'entendre quand elle sortit en direction des écuries. Comme elle s'y attendait, il était trop tôt pour que les garçons d'écurie soient déjà sur pied. Quant à Jenkins, elle savait qu'il n'arriverait pas avant au moins une heure.

Elle s'engagea dans la cour pavée, ployant sous le poids de ses valises qu'elle trouvait très lourdes. Elle fut soulagée quand Rolfe s'avança vers elle et les lui prit des mains. Ils ne se dirent pas un mot car Zarina savait que les voix portent à cette heure-là autant qu'en pleine nuit.

Ils avancèrent rapidement jusqu'à ce qu'elle aperçoive l'endroit où Rolfe avait laissé son cabriolet. Attelé à deux chevaux, il était hors de vue de ceux qui auraient pu se trouver dans la cour. Rolfe la fit monter, posa ses valises sur le siège avant, à côté du valet, et ils partirent.

Ce n'est que lorsqu'ils eurent atteint la grille dans le pré qui conduisait à la route, que Zarina dit d'un ton triomphant :

— Nous l'avons fait ! Nous y sommes arrivés !...

— J'espérais que vous ne vous seriez pas réveillée.

Elle le regarda d'un air indigné, puis se rendit compte qu'il la taquinait.

— J'avais tant de choses à faire que je n'ai eu que deux heures de sommeil. Alors je craignais de ne pas me réveiller et que vous ne partiez sans moi.

— J'étais en train de me demander ce que j'aurais fait si vous n'étiez pas arrivée.

— Je suis sûre et certaine que vous m'auriez abandonnée à mon triste sort.

— Peut-être... ou peut-être pas... répondit Rolfe d'un ton énigmatique.

Zarina, pensant au prieuré, demanda :

— S'est-il passé quelque chose cette nuit ?

— Rien, à ma connaissance, répondit Rolfe. J'avais donné à Yates toutes les directives nécessaires, puis je suis allé me coucher.

Il n'y avait qu'une courte distance jusqu'à la gare, qui n'était qu'une halte signalée « Prieuré de Linwood ». Il n'y avait pas de porteur. Rolfe prit les valises de Zarina puis les siennes jusqu'au quai.

L'omnibus arriva à l'heure. Zarina n'était jamais montée dans ce genre de train auparavant. Il n'avait rien de commun avec les voitures de première classe dans lesquelles elle avait eu l'occasion de voyager avec ses parents et, plus récemment, avec son oncle. Les sièges de ce train de nuit étaient en bois, sans rembourrage. Il n'y avait ni stores, ni rideaux aux fenêtres, et le chef de train laissait les voyageurs placer eux-mêmes leurs bagages dans le fourgon.

Quoi qu'il en soit, pour Zarina, seul importait le fait qu'elle avait réussi à s'échapper sans donner d'explications à son oncle.

A leur arrivée à Londres, Rolfe trouva une voiture de louage pour les emmener aux docks de Tilbury.

Quand ils parvinrent au quai, Zarina trouva que la course était chère mais elle ne proposa pas de payer sa part de crainte de contrarier Rolfe.

Ils durent marcher un bout de chemin avec tous les bagages avant d'atteindre le cargo sur lequel le voyage était prévu. Ce bateau n'avait vraiment rien de très engageant. Il avait besoin d'un sérieux coup de peinture et il ne restait qu'à espérer qu'il soit moins sale à l'intérieur qu'à l'extérieur.

Ils s'avancèrent sur la passerelle. On chargeait sur le pont des objets de toutes sortes, notamment un élégant cabriolet sans doute destiné à quelque officier de Sa Majesté en poste aux Indes.

Quand ils eurent atteint le pont, Rolfe passa devant pour lui montrer le chemin à l'intérieur du bateau. Ils se dirigèrent vers une cabine qui servait de bureau.

— Y a-t-il quelqu'un ? cria Rolfe.

Aucune réponse...

Puis un homme, très grand, en bras de chemise, aux cheveux roux clairsemés, apparut.

— Je suis Rolfe Wood. J'ai une cabine retenue à mon nom. Êtes-vous le capitaine ? demanda Rolfe.

— Oui, c'est moi. Votre cabine vous attend, répondit l'homme, avec un fort accent écossais.

Il lorgnait Zarina d'un air interrogateur.

— Ce n'était pas prévu, mais ma femme m'accompagne. Nous aimerions en avoir deux, si c'est possible.

— Votre femme ? demanda le capitaine. Vous avez bien dit votre femme ?

— Oui, ma femme, Mme Wood, répondit Rolfe.

Le capitaine regarda Zarina des pieds à la tête d'une façon qu'elle jugea irrespectueuse. Puis il dit d'un ton plutôt bourru :

— J'essaie de comprendre pourquoi vous voulez deux cabines si vous êtes mariés.

— Mon mari ronfle, dit rapidement Zarina, et cela m'empêche de dormir.

Le capitaine la dévisagea d'un air soupçonneux. Puis il leur tourna le dos et rentra à l'intérieur du bureau qui était dissimulé par un panneau de bois.

Zarina jeta à Rolfe un regard un peu anxieux.

— Que fait-il ? murmura-t-elle.

— Il vérifie s'il y a une cabine disponible pour vous.

Cela n'avait pas effleuré l'esprit de Zarina qu'il pût en être autrement. Elle attendait fébrilement que le capitaine réapparaisse. Elle retira ses gants car elle défaillait de chaleur malgré l'heure matinale.

Le capitaine revint :

— J'ai deux cabines contiguës, ce qui correspond à ce que vous souhaitez, je suppose.

— Oui, bien sûr, je vous remercie beaucoup.

— Toutefois... (Soudain il s'arrêta.) Dites-moi... Où est votre alliance, reprit-il d'un ton inquisiteur, les yeux fixés sur la main gauche de Zarina.

Pendant un instant, elle eut le souffle coupé. Puis, comme Rolfe ne disait rien, elle répondit :

— Nous avons dû la mettre en gage... au mont-de-piété, pour payer notre voyage.

— C'est un peu curieux, remarqua le capitaine, vu que vos vêtements ne détonneraient pas dans une réception à Buckingham Palace.

Zarina se rendait bien compte que malgré ses efforts pour s'habiller simplement, sa tenue était encore trop élégante pour voyager sur un bateau aussi rudimentaire.

Sans faire vraiment attention à ce qu'elle disait, soucieuse avant tout de ne pas mécontenter le capitaine, elle répondit :

— Ma robe m'a été donnée... c'est un cadeau...

— C'est bien ce que je pensais, dit le capitaine d'un ton railleur.

Zarina ne comprit pas, mais Rolfe intervint sèchement !

— Je vous serais reconnaissant, capitaine, de ne pas insulter ma femme.

Les deux hommes se toisèrent pendant un moment en silence. Puis le capitaine dit lentement :

— Je suis un bon chrétien qui respecte Dieu. Et je ne veux pas d'embrouilles sur mon cargo. Si vous êtes mariés, comme vous le prétendez, monsieur Wood, montrez-moi votre certificat de mariage. Sinon, trouvez un autre bateau pour vous emmener en Inde.

Zarina lança à Rolfe un regard affolé. Si leur départ était retardé, son oncle pourrait découvrir où elle se trouvait et l'empêcher de quitter l'Angleterre.

— Je pense, capitaine, que vous êtes soupçonneux à l'excès et sans raison, dit Rolfe d'une voix calme et pleine de dignité. Permettez-moi de vous montrer mon passeport, où est inscrit le nom de ma femme.

Il sortit son passeport de sa poche intérieure. Celui-ci avait été délivré par le secrétaire d'État aux Colonies, et signé, d'une très élégante écriture, par le comte de Kimberley. Il certifiait que Rolfe Wood était sujet britannique.

Comme il le posait devant le capitaine,

Zarina put voir que, sous la signature du comte, on avait ajouté la mention « et sa femme Zarina Wood ».

Le capitaine ramassa le passeport et l'examina attentivement. Quand il arriva au nom de Zarina, il dit d'un ton accusateur :

— Ceci a été rajouté !

— Naturellement, répliqua Rolfe, puisque j'avais mon passeport avant d'être marié et que je ne me suis occupé qu'après la cérémonie de faire inscrire ma femme pour qu'elle puisse voyager avec moi.

— Je voudrais quand même voir un certificat de mariage, dit le capitaine d'un air buté.

De nouveau, Zarina, affolée, se demanda ce qu'ils allaient pouvoir faire.

Alors, comme si elle était inspirée par son père, elle déclara :

— Je ne l'ai pas pris avec moi, de peur de le perdre. Mais naturellement, si vous voulez être sûr que nous sommes légalement mari et femme, vous pourrez nous marier vous-même dès que nous serons en mer.

Elle se rappelait avoir lu dans un livre que le capitaine d'un navire avait le pouvoir de marier ses passagers si c'était nécessaire.

Le capitaine parut surpris mais il dit :

— Vous êtes très au courant, et vous avez raison sur ce point. Parfait. Vous pouvez prendre vos deux cabines. Mais comme je ne voudrais pas que mes autres passagers se fassent des idées fausses ou soient choqués, vous devriez porter une alliance.

Soulagés d'avoir gagné cette bataille imprévue, Rolfe et Zarina hochèrent la tête.

Le capitaine tendit par la vitre ouverte un morceau de papier sur lequel étaient inscrits les numéros des deux cabines. Il les laissa trouver seuls leur chemin pour s'y rendre.

Rolfe empoigna les valises de Zarina. Ils descendirent l'escalier des cabines et empruntèrent la coursive. En observant les numéros sur les portes, ils trouvèrent facilement les deux cabines et y pénétrèrent. Petites et étroites, elles contenaient chacune deux couchettes superposées. Il y avait à peine la place pour se retourner et Zarina était heureuse de ne pas avoir à partager cet espace exigu avec quelqu'un d'autre, surtout avec un homme aussi grand et fort que Rolfe.

Pendant qu'ils décidaient laquelle prendrait Zarina, apparut un steward qui avait l'air aussi bourru que son capitaine. Il les informa que s'ils désiraient des draps ou des couvertures, il faudrait payer un supplément et qu'il en serait de même pour les oreillers. Cela sembla étrange à Zarina. Pourtant, Rolfe, ayant manifestement déjà été confronté à ce genre de situation, accepta le supplément.

Quand on apporta la literie, ce fut un soulagement de voir qu'elle était propre même si les couvertures étaient assez usagées. Rolfe observa que Zarina les regardait d'un œil critique et dit :

— Vous n'en aurez pas besoin longtemps. Il fera très chaud dès que nous serons en Méditerranée et plus chaud encore quand nous atteindrons la mer Rouge.

— Je ne me plains pas, répondit Zarina, j'essaie seulement de comprendre comment on vit sur un bateau tel que celui-ci.

Elle parlait avec le plus de retenue possible mais Rolfe répliqua brusquement :

— C'est le mieux que je puisse vous offrir et si vous n'avez pas assez de confort, vous n'avez à vous en prendre qu'à vous-même.

Tout en parlant, il sortit de la cabine qu'elle avait choisie. Il entra dans la sienne en claquant la porte derrière lui.

Zarina soupira. Elle savait bien qu'il était fâché de l'avoir à ses côtés.

De plus, il était visiblement bien décidé à ce que les dépenses de leur voyage restent à sa charge à lui, et elle savait qu'il n'en avait pas les moyens.

— C'est absurde d'avoir cette sorte de fierté, se dit-elle.

Elle se demandait comment faire pour empêcher, pendant toute la durée du voyage, qu'il ne soit désagréable dès qu'il serait question d'argent. Elle pensait aussi qu'il aurait à payer un supplément du fait qu'ils utilisaient chacun des cabines prévues pour deux passagers.

Puis elle se dit que cela ne servait à rien de se préoccuper, pour l'instant, des problèmes d'argent. La seule chose importante était que son oncle allait lire sa lettre et la croire partie pour la France. Il serait fou de colère mais n'y pourrait rien.

Il se passerait bien deux mois avant qu'elle ne retourne en Angleterre, annonçant la rupture de ses fiançailles avec Rolfe.

Puis elle se demanda si ce délai serait assez long... En supposant qu'elle rentre trop tôt ? Elle courait le risque que le duc n'ait pas encore renoncé à elle. Cependant, elle était certaine qu'une fois aux Indes, Rolfe ne voudrait pas la garder avec lui bien longtemps.

Elle s'avança vers le hublot et regarda l'eau miroitant sous le soleil.

Pourquoi tant m'inquiéter pour l'avenir ? pensa-t-elle. La seule chose que j'ai à faire, pour l'instant, c'est d'arriver à ce que Rolfe m'accepte et, une fois aux Indes, de rester avec lui aussi longtemps qu'il me le permettra.

Elle commença à défaire ses valises, certaine que le capitaine n'apprécierait pas ses toilettes.

Les bruits qui parvenaient jusqu'à elle lui indiquaient que d'autres passagers étaient toujours en train d'embarquer.

Quand le bateau eut quitté le port, on leur annonça qu'on leur donnerait un bol de soupe à onze heures. C'est à ce moment-là que Zarina fit la connaissance des autres passagers.

Un groupe hétéroclite d'Asiatiques avalaient goulûment un potage peu épais et pas particulièrement appétissant. Trois ou quatre Anglais semblaient être des voyageurs de commerce. En dehors de Zarina, il n'y avait qu'une femme à bord, une Indienne portant un nourrisson dans les bras.

Quand Zarina et Rolfe firent leur entrée, les

autres passagers les dévisagèrent. Deux des Anglais se poussèrent du coude et l'un d'eux dit quelque chose qui les fit s'esclaffer tous les deux.

Rolfe et elle, qui n'avaient pas pris de petit déjeuner, avalèrent leur bol de soupe avec appétit.

— Je suis désolé, Zarina, dit Rolfe alors qu'ils rejoignaient leurs cabines. Si j'avais eu deux sous de bon sens, j'aurais demandé à Mme Blossom de nous préparer quelques sandwiches. Ma seule excuse est que je n'ai pas l'habitude de voyager avec de belles dames comme vous, ajouta-t-il d'un air un peu embarrassé.

— J'aurais pu y penser aussi, si ce n'est que les domestiques auraient trouvé suspect que je parte en pique-nique de si bonne heure !

— Bon, nous n'avons que nous à blâmer. Espérons que ce qu'on nous donnera pour le déjeuner sera mangeable...

Zarina ne pouvait s'empêcher de penser que ce serait bien long d'attendre jusqu'à midi, heure où l'on servirait le déjeuner. Cependant, elle était si heureuse de quitter l'Angleterre qu'elle était prête à s'accommoder de n'importe quoi. Le principal était qu'elle soit libérée du duc.

Le navire atteignit bientôt la haute mer qui était calme. Pour passer la demi-heure qui restait à attendre avant le repas, ils s'installèrent dans la cabine de Rolfe, Zarina assise sur la couchette inférieure pendant qu'il s'installait sur l'unique chaise. Ils parlèrent des Indes.

Rolfe lui décrivit les monastères qu'il avait visités, dans le nord, pendant son dernier voyage et Zarina trouvait passionnant tout ce qu'il disait.

Elle venait de lui poser une question à propos des moines quand on frappa à la porte.

— Entrez ! cria Rolfe.

Quand la porte s'ouvrit, ils virent apparaître le capitaine. Il était beaucoup plus élégant que lors de leur arrivée, revêtu de son uniforme et de sa casquette à galons dorés.

— Je viens vous marier, annonça-t-il.

— Voyons, ce n'est pas nécessaire ! s'exclama Rolfe. Je vous ai assuré que Mme Wood et moi-même étions mariés. Simplement, nous n'avons pas notre certificat de mariage sur nous.

— C'est votre femme qui a suggéré que je pourrais vous marier de nouveau, répliqua le capitaine. Et il y a déjà eu des commentaires parmi les passagers et l'équipage à propos de l'allure de Mme Wood et de ses toilettes.

Rolfe paraissait furieux et Zarina craignait qu'il ne dise quelque chose qui mît le capitaine en colère. Comme ils étaient encore en vue de la côte, il serait aisé au capitaine de trouver un prétexte pour s'arrêter dans un des ports de la Manche et les débarquer.

— Si tel est votre désir, capitaine, dit-elle, je serai trop heureuse d'épouser mon mari pour la seconde fois, ne serait-ce que pour être certaine qu'il ne m'abandonnera pas !

Elle lui souriait et le capitaine lui fit un clin

d'œil. Il ferma la porte et ils s'aperçurent qu'il tenait à la main un livre de prières.

— Mettez-vous devant moi, dit-il, et laissez-moi vous rappeler que cet acte vous engage. Autant que dans une église.

Zarina pensa que Rolfe allait refuser de poursuivre. Comme elle s'inquiétait des conséquences, elle lui prit la main. Pendant un instant il ne fit pas un geste puis ses doigts se refermèrent sur ceux de Zarina et il se mit debout.

Le capitaine lut le code rapidement mais convenablement. Son fort accent écossais rendait les formules plus impressionnantes et plus imposantes que si elles avaient été lues par un véritable ministre du culte. Ils prêtèrent serment en répétant les phrases après lui. Manifestement, il lui était déjà arrivé plusieurs fois de célébrer des mariages car il ne bafouillait pas.

Il hésita seulement quand il en fut au moment de « l'échange des anneaux ». C'est à cet instant-là que Rolfe retira sa chevalière, du petit doigt de sa main gauche. Zarina ne l'avait pas remarquée auparavant. Elle pensa que le capitaine allait trouver louche qu'ils aient mis les alliances en gage alors que Rolfe avait cette chevalière. Quoi qu'il en soit, quand il vit l'anneau, le capitaine enchaîna sur la suite de la procédure. Enfin, il déclara :

— En vertu des pouvoirs qui me sont conférés par la reine Victoria et en tant que capitaine de ce navire, je vous déclare unis par les liens du mariage. Que Dieu bénisse votre union !

Il y eut un moment de silence, puis Rolfe dit :

— Je vous remercie, capitaine.

— Nous vous sommes très reconnaissants, renchérit Zarina.

— J'espère que vous direz toujours la même chose dans les années à venir, répondit le capitaine.

Sur ce, il tourna les talons et quitta la cabine.

Rolfe attendit qu'il n'y ait aucun risque qu'il entende pour s'exclamer :

— Pour le coup, maintenant, nous sommes dans de beaux draps ! Pourquoi diable avez-vous suggéré qu'il pourrait nous marier ?

— Parce que je craignais qu'il ne nous oblige à débarquer, répondit Zarina.

Rolfe poussa un cri d'exaspération et s'avança vers le hublot.

Il resta là, tournant le dos à Zarina. Elle dit alors :

— De toute façon, qui va savoir que tout ceci est arrivé, à part nous ?

— Que voulez-vous dire ? demanda Rolfe.

— Le capitaine nous connaît sous le nom de M. et Mme Wood et personne ne fera le rapprochement entre deux passagers de ce bateau de marchandises et le comte et la comtesse de Linwood !

Rolfe fit volte-face.

— Que voulez-vous dire ? répéta-t-il.

— Je dis qu'une fois que nous aurons quitté

ce bateau, nous pourrons oublier cette cérémonie.

— Parlez-vous sérieusement ? demanda Rolfe.

— Bien sûr ! Je n'ai aucune envie de me marier et vous non plus. Nous ferons comme si ce n'était jamais arrivé et je ne vois pas qui irait imaginer qu'une telle union ait pu avoir lieu.

Comme Rolfe ne disait pas un mot, elle continua :

— Quand nous serons aux Indes, je suppose que personne ne s'intéressera à vos activités dans les monastères du Népal. Et quand il ne sera plus dangereux pour moi de retourner en Angleterre, je n'aurai jamais cessé d'être Zarina Bryden.

— Je suis sûr que cela ne va pas être aussi facile que ça. Comme l'a fait remarquer le capitaine, la procédure est légale et sans appel.

— Oh ! Eh bien... je suppose que nous pourrons la faire annuler si vous voulez aller devant les tribunaux ! Mais je persiste à penser qu'il vaut mieux simplement l'oublier et faire comme si cela ne s'était jamais passé.

— Dit comme ça, cela semble aisé, mais je pense que ce sera passablement compliqué pour vous comme pour moi de mentir à la terre entière, et plus encore à la personne que nous risquons de rencontrer et d'aimer plus tard.

— A chaque jour suffit sa peine, dit Zarina. Nous verrons cela quand nous y serons. De toute façon, je n'ai aucune envie d'épouser qui que ce soit avant bien longtemps ! Quant à vous, il est peu probable que vous trouviez une épouse dans les monastères et la question ne se posera pas dans les mois à venir. Quand elle se posera, vous m'aurez déjà oubliée.

Rolfe ne répondit pas, il se tourna de nouveau pour regarder par le hublot. Zarina eut l'impression qu'il se forçait pour ne pas laisser voir sa colère et le mépris dans lequel il tenait tout cet épisode.

Comme elle craignait qu'il ne lui en veuille, elle dit d'une toute petite voix :

— Je regrette... Je regrette vraiment beaucoup si j'ai fait quelque chose de mal... Mais j'avais tellement peur d'avoir à retourner chez mon oncle Alexander... Et à dire vrai, je n'avais pas envisagé votre point de vue...

Rolfe se taisait toujours. Après quelques instants, elle continua :

— Faites un effort, essayez d'oublier. Quand... je ne vous encombrerai plus, il vous sera plus facile de penser que toute cette affaire n'a jamais eu lieu...

— J'espère que vous avez raison. Cependant, nous nous sommes mis dans des difficultés pires que celles où nous nous trouvions auparavant. J'ai besoin de prendre l'air ! Je ne peux pas réfléchir, enfermé comme je suis ici.

Il sortit de la cabine en claquant la porte derrière lui.

Zarina se prit la tête dans les mains. Elle était parfaitement consciente qu'il se sentait pris au piège. Mais quelle autre solution aurait-elle pu trouver ? Elle voyait bien que le capitaine était un homme têtu. S'ils avaient refusé cette cérémonie, il ne les aurait pas laissés continuer le voyage sur son navire et les aurait, sans aucun doute, débarqués.

Mais, maintenant, Rolfe était furieux et elle avait envie de pleurer. Il avait déjà été assez ardu d'obtenir son accord pour les fiançailles. L'idée ne lui était certainement jamais venue, pas plus qu'elle n'avait traversé l'esprit de Zarina, que cela risquait de se terminer effectivement par un mariage.

Quoi qu'il en soit, se dit-elle, je lui ai permis de conserver le prieuré et j'ai échappé à l'oncle Alexander, et pour tout cela, ce n'est pas vraiment trop cher payé.

Cependant, elle savait bien que, sur ce sujet, Rolfe n'avait pas la même façon de penser qu'elle.

Il revint dans la cabine une demi-heure plus tard, quand la cloche eut annoncé que le déjeuner était servi.

Sans un mot, l'air renfrogné, il accompagna Zarina vers la partie centrale du bateau.

La salle à manger était le seul endroit, mis à part les cabines, où les passagers pouvaient s'asseoir. Elle était de forme ronde, sans hublots ni lumière du jour. Les passagers prenaient place autour de deux longues tables dont l'une était présidée par le capitaine et l'autre par son second.

Les plats étaient apportés par un certain nombre de jeunes, à la peau sombre, originaires — Zarina devait l'apprendre plus tard — de différents pays d'Extrême-Orient. Il y avait même quelques Chinois parmi eux. Ils posaient sur la table les assiettes déjà remplies de nourriture dont les rations étaient copieuses mais pas très appétissantes. En fait, Zarina n'aurait pas pu dire ce que c'était, sinon que cela ressemblait à une sorte de ragoût, accompagné de deux légumes dont des pommes de terre très grosses et plutôt dures. Il y avait, sur la table, des miches de pain dont ils devaient eux-mêmes se couper des tranches. Le beurre avait un léger goût de rance mais le fromage était mangeable. Quant au pain, qui avait au moins le mérite d'être encore frais puisqu'il venait d'être chargé à bord, il n'allait pas tarder à devenir de jour en jour plus rassis.

Comme boissons, on pouvait trouver surtout de la bière et quelques bouteilles d'un breuvage baptisé « citronnade » dont Zarina pensait qu'il n'avait probablement jamais contenu une goutte de vrai citron. Rolfe l'avait prévenue qu'il était dangereux de boire de l'eau.

— Elle risque d'occasionner quelques troubles car même quand le bateau est au port, on nettoie rarement les tonneaux dans lesquels elle est conservée.

Cet avertissement était plutôt déprimant mais ils découvrirent bientôt qu'ils pouvaient obtenir de grandes tasses de thé ou de café à chaque repas. Le café n'était pas de la meilleure qualité mais Zarina le préférait à la citronnade douteuse.

Depuis le premier repas, elle se rendait

compte que les autres passagers les dévisageaient d'un œil curieux. Rolfe bavarda avec certains Anglais. Pendant qu'ils lui parlaient, Zarina sentait qu'ils avaient les yeux fixés sur elle et cela la mettait mal à l'aise. Elle avait tiré en arrière ses cheveux qu'elle avait attachés par un nœud sur la nuque, mais elle ne pouvait pas cacher leur blondeur ni la transparence de sa peau. Elle savait aussi que sa robe ne passait pas inaperçue.

Il n'y avait que la femme indienne avec le bébé qui semblait ne pas s'intéresser à elle. Quand ils quittèrent la salle à manger, après le repas, Zarina s'arrêta près d'elle et lui dit :

— Quel joli bébé ! Est-ce un garçon ou une fille ?

Elle parlait en anglais et se rendit compte que l'Indienne ne la comprenait pas. Mais son mari, assis à côté d'elle, répondit :

— Une fille, *Mem Sahib*, deux semaines.

— Est-ce votre premier enfant ?

— Oui, *Mem Sahib*, la prochaine fois, garçon.

— Tous les hommes pensent de même, dit en riant Zarina.

— *Mem Sahib* comprendre. Femme heureuse avec petite fille.

— Bien sûr. Je vous souhaite bonne chance, fit-elle en souriant.

L'Indien salua en s'inclinant et Zarina alla rejoindre Rolfe qui se tenait un peu plus loin. Elle pensa qu'il était peut-être fâché qu'elle ait parlé aux autres passagers, mais il lui dit :

— Si vous avez envie de discuter avec les Indiens, il faudra que je vous enseigne quelques rudiments de bengali bien que bon nombre d'entre eux parlent anglais, et fort convenablement, d'ailleurs.

— J'adorerais apprendre le bengali, répondit Zarina, mais peut-être ne resterai-je pas là-bas assez longtemps pour l'utiliser.

— A moi de vous dire : « A chaque jour suffit sa peine. » Pour cela aussi, nous aviserons quand nous y serons.

Elle le trouva bien évasif ; cependant, son ton était aimable.

— Voulez-vous m'accompagner sur le pont ? demanda-t-elle. J'aimerais jeter un dernier coup d'œil sur les côtes de l'Angleterre avant de les perdre de vue.

— Bien sûr.

Il y avait un peu de roulis et elle lui prit le bras.

— Après tout, dit-elle doucement, quoi qu'il arrive, nous vivons une aventure dont nous nous souviendrons toujours.

— Une aventure, répéta-t-il. Oui, Zarina, vous avez raison, mais j'espère aussi que nous ne le regretterons pas.

6

L'océan était agité dans le golfe de Biscaye. Bien qu'elle n'eût pas le mal de mer, Zarina préféra rester dans sa cabine plutôt que de déambuler sur le bateau. Elle ne pouvait rien imaginer de pire que de se casser un bras ou une jambe alors qu'il n'y avait personne pour la soigner.

Rolfe monta sur le pont et, chose étrange, il se prit de sympathie pour le capitaine.

— C'est un homme intéressant, expliqua-t-il à Zarina, et bien que cela soit difficile à croire, il est fier de son bateau.

— Je suppose que c'est son seul bien, fit remarquer Zarina.

— Certainement. Il a commencé par être garçon de cabine, et le but unique de sa vie a été de posséder son propre bateau.

Quand ils entrèrent en Méditerranée, le soleil brillait et la mer était aussi bleue que le voile de la Madone. D'une certaine façon, pour Zarina qui avait longtemps vécu en Italie chez sa cousine Mildred, c'était comme un retour en pays connu. Pour prendre un peu d'exercice, elle se promenait sur le pont autant que le permettait le chargement qui y était entreposé.

A la grande joie de Zarina, Rolfe commença à lui donner des leçons de bengali. Il était étonné de la rapidité avec laquelle elle apprenait, jusqu'à ce qu'elle l'éclaire à propos de son aptitude pour les langues.

— Ma cousine Mildred m'a envoyée dans une école dont les élèves venaient de toutes les familles de l'aristocratie italienne et des pays avoisinants. Elle compta sur ses doigts, tout en énumérant les différentes nationalités des jeunes filles qui fréquentaient ce pensionnat :

— France, Allemagne, Suisse, Espagne, Portugal. Je trouvais amusant de me lier d'amitié avec elles et d'en profiter pour apprendre leur langue, tandis que je leur enseignais l'anglais.

Rolfe se mit à rire ;

— Ainsi, vous êtes polyglotte.

— Je serais ravie d'ajouter le bengali à ma liste, répondit Zarina.

— J'aurais dû penser à emporter quelques livres avec moi, dit Rolfe. Au lieu de cela, vous devrez vous contenter de ma conversation.

— J'en serais ravie, surtout si vous me parlez des lieux que vous avez visités et de ce que vous en avez rapporté, en dehors des manuscrits.

— Comment savez-vous que j'ai rapporté d'autres choses ? demanda-t-il.

— Simplement parce qu'il me semble que

vous n'êtes pas homme à vous contenter d'un seul centre d'intérêt.

Était-ce un compliment ou non ? Il ne savait pas... Néanmoins, il lui parla des pierres précieuses extraites des mines de Turquie et de Russie méridionale. Il lui raconta comment il avait assisté aux fouilles archéologiques d'Égypte quand les chercheurs avaient ouvert les sépultures millénaires des pharaons. Il ajouta que, bien que ne disposant que de très peu d'argent, il s'était arrangé pour se constituer une petite collection personnelle qu'il se promettait depuis longtemps de rapporter au prieuré.

— Mais où sont ces objets, en ce moment ? demanda Zarina.

— En Inde. Je les ai confiés à un maharadjah de mes amis qui m'a promis d'en prendre soin jusqu'à ce que je sois en mesure de les rapatrier en Angleterre.

Après un moment de silence, il continua :

— Je ne pouvais pas imaginer que je devrais revenir si vite, après le décès de mon frère. Comme j'étais à Calcutta à ce moment-là, je suis monté sur le premier bateau en partance pour l'Angleterre.

— Eh bien, maintenant, nous allons pouvoir récupérer vos précieux trésors.

Tout en parlant, elle se demanda s'il avait remarqué le mot « nous ». Était-il déjà en train de faire des plans pour se débarrasser d'elle, dès leur arrivée aux Indes ?

Rolfe garda le silence pendant un moment, puis il reprit :

— Vous devez comprendre qu'il ne va pas être simple, une fois là-bas, d'expliquer comment nous sommes venus sans « chaperon ».

— Vous ne faites pas grand effort d'imagination, dit Zarina avec une pointe de moquerie. Il y avait forcément sur le bateau qui nous transportait un pasteur avec son épouse qui s'est fait un plaisir de me chaperonner.

Rolfe ne put s'empêcher de rire.

— Vous avez réponse à tout. Très bien, nous ferons croire que l'Indienne avec son bébé était l'épouse du pasteur dont nous ferons un évêque pour donner plus de lustre à la situation...

Quand il la quitta pour monter sur le pont, Zarina se dit qu'au moins elle l'avait fait rire. Il lui en voulait certainement moins maintenant qu'au début du voyage. Ils pouvaient, à présent, rire ensemble de la qualité des plats qui semblait se dégrader de jour en jour. Et aussi des travers des autres passagers.

Sur le bateau, il était possible, pour qui en avait les moyens, de se procurer toutes sortes d'alcools. Les Anglais semblaient pouvoir s'offrir, à un prix que Rolfe trouvait exagéré, du whisky, du gin et du cognac, ce qui les rendait très bruyants le soir, au dîner. Zarina évitait toujours de s'asseoir à leur table. Elle n'aimait décidément pas la façon dont ils la regardaient et savait fort bien qu'elle était l'objet de leurs plaisanteries.

Le bateau fit escale à Alexandrie pour charger de la nourriture fraîche et du charbon.

Zarina fut séduite par les boutiques avoisinant les quais. Elle en profita pour s'acheter trois robes légères qui allaient devenir indispensables dès qu'ils aborderaient le canal de Suez. Il faisait déjà très chaud en Égypte. Comme elle était mince et pas très grande, elle trouva tout de suite trois jolies robes qui lui allaient parfaitement. Deux en fine mousseline et la troisième en cotonnade.

A sa grande surprise, Rolfe insista pour lui offrir un caftan magnifiquement brodé qu'elle supposa venir du Maroc. Elle savait que la valeur de ce cadeau dépassait les moyens de Rolfe, ce qui la contrariait. Mais elle ne voulait pas le blesser en refusant. Elle se confondit donc en remerciements.

Quand elle l'essaya, elle dut admettre qu'il lui allait à ravir. Du même bleu que ses yeux, il faisait ressortir la blancheur de sa peau et le blond ardent de sa chevelure. Elle se rendait compte que ce serait une erreur de le porter sur le bateau mais, pour ne pas décevoir Rolfe, elle le mettait quand ils étaient seuls dans l'une de leurs cabines.

Ils achetèrent également un supplément de nourriture pour compenser la pauvreté des menus à bord. Rolfe insista encore pour payer. Ils revinrent à bord avec un assortiment de fruits, de gâteaux et de biscuits et quelques délicieuses confiseries au miel et aux amandes.

Quand le bateau leva l'ancre pour s'engager dans le canal de Suez, ils constatèrent que les Anglais avaient évidemment concentré leurs achats sur les alcools. Ils devenaient plus bruyants que jamais.

Bien que Rolfe et Zarina s'en soient toujours tenus vis-à-vis d'eux à la plus extrême réserve, ils se montraient maintenant beaucoup plus familiers et Zarina avait la désagréable impression qu'ils s'ingéniaient à l'aborder. Elle laissait donc la parole à Rolfe et se contentait de l'écouter avec attention.

Ils atteignirent la mer Rouge.

Un soir, alors que Rolfe et Zarina redescendaient au salon, après avoir fait une promenade sur le pont, ils trouvèrent les Anglais plus tapageurs que jamais, chantant à tue-tête de leurs voix avinées. Pour les éviter, Zarina s'éclipsa par l'escalier qui menait aux cabines.

Dès qu'elle fut dans la sienne, elle se déshabilla et s'étendit sur sa couchette. La chaleur était telle qu'elle n'aurait pas supporté le moindre drap. Elle n'était couverte que de sa légère chemise de nuit vaporeuse et joliment ornée de dentelle.

Elle allait s'endormir quand elle entendit des pas s'approchant de sa cabine. Puis on frappa à sa porte. Elle pensa que c'était Rolfe et se dressa sur sa couchette, se demandant ce qu'il voulait. Mais une voix pâteuse chuchota : « Laissez-moi entrer... jo... li... petit... oiseau. » Les mots étaient à peine audibles et il était évident que celui qui les prononçait avait trop bu.

Zarina se recoucha, tranquille, puisqu'elle avait poussé le verrou. C'est alors que celui qui était derrière la porte essaya d'en tourner la poignée. Voyant que la porte ne s'ouvrait pas, il se mit à la pousser de toutes ses forces. Zarina savait que le bateau était vieux et de construction précaire. Elle avait peur que le verrou ne cède sous la pression violente de ce voyou qui continuait à taper de plus en plus fort. Puis, comme le verrou tenait toujours, il marmonna qu'il allait chercher un tournevis. C'est alors qu'elle prit vraiment peur.

Très vite, elle descendit de sa couchette, enfila son négligé et ses mules. Seule la lumière des étoiles donnait de la clarté à travers le hublot. Elle atteignit la porte et constata que le verrou était sur le point de tomber. Avec un tournevis et un peu de patience, l'homme, s'il revenait, n'aurait aucune peine à s'introduire dans la cabine.

Elle tendit l'oreille pour être sûre qu'il n'y avait personne au dehors et ouvrit la porte en toute hâte. Elle se précipita vers la cabine de Rolfe dont, à son grand soulagement, la porte n'était pas verrouillée. Elle tourna la poignée.

Rolfe était là, étendu sur sa couchette, lisant un journal à la lumière d'une lanterne qu'il avait suspendue au plafond. Il leva les yeux, surpris de la voir là.

— Zarina ! s'exclama-t-il. Que se passe-t-il ?

— Il y a... un homme qui essaie de casser la porte de ma cabine, répondit-elle.

— Un de ces ivrognes d'Anglais, j'imagine.

— J'ai peur que le verrou ne tienne pas. Il pourra entrer.

A son expression et à sa façon de parler,

Rolfe s'aperçut qu'elle était complètement terrifiée.

— Retournez-vous, lui ordonna-t-il. Je vais me lever et m'occuper de lui.

D'abord surprise par son ordre, elle se dit qu'il devait être nu sous le drap qui ne le couvrait que jusqu'à la taille. Elle rougit et fit rapidement ce qu'il lui avait demandé.

Debout devant le hublot, elle l'entendit sortir de sa couchette et s'habiller. Alors, elle dit :

— Ce serait une erreur de provoquer une bagarre... Nous avons encore un long voyage avant d'arriver aux Indes.

Rolfe ne bougeait pas.

— Vous avez raison, dit-il, vous êtes pleine de bon sens. Vous pouvez vous retourner, maintenant.

Elle obéit. Il avait enfilé son pantalon et sa chemise. Il regarda Zarina et contempla sa chevelure qui retombait sur ses épaules. Son léger déshabillé dissimulait mal les courbes de son corps.

— C'est le genre d'ennuis qui arrivent aux jolies femmes, grommela-t-il.

Elle trouva son ton plutôt caustique et dit :

— Je suis désolée, je ne vous aurais jamais dérangé si je n'avais pas eu si peur.

— Bien sûr, vous aviez raison d'avoir peur. Vous n'êtes pas à votre place sur un bateau comme celui-ci.

Elle eut l'impression qu'il était de nouveau fâché pour des questions d'argent, mais elle ne pouvait rien dire. Elle le regarda seulement d'un air misérable. Après un moment, il dit :

— Cela ne sert à rien que vous soyez terrorisée ou que je lui casse la figure comme j'aurais envie de le faire... Prenez ma couchette et je prendrai celle du dessus.

— Mais non, ce n'est pas possible ! s'exclama Zarina.

— Pourquoi pas ?

— Parce que... vous ne seriez pas... à l'aise.

Il eut le sentiment que ce n'était pas ce qu'elle voulait dire et sourit.

— Il m'est arrivé, par le passé, de dormir dans des endroits bien plus étranges et inconfortables, y compris dans des repaires d'animaux sauvages. Un jour, faute de mieux, j'ai dormi dans un fossé...

Zarina se mit à rire, comme il s'y attendait, et dit :

— Ce soir, ce sera quand même plus agréable.

— La personne qui court un danger aujourd'hui, c'est vous, dit-il, car si les couchettes sont aussi mal construites que le reste du bateau, je risque de vous tomber sur la tête.

— Dans ce cas, je prendrai la couchette supérieure.

— Vous n'en ferez rien, dit Rolfe avec autorité. Couchez-vous et fermez les yeux, je vais me déshabiller et grimper là-haut.

— Je suis désolée d'être aussi... encombrante, dit Zarina.

— Les femmes peuvent-elles être autre chose ? répliqua Rolfe.

Cependant, son ton était badin et il ne semblait pas en colère.

Curieusement, Zarina dormit paisiblement le reste de la nuit. Quand elle se réveilla, Rolfe était habillé.

— Oh ! Vous êtes déjà levé ! s'exclama-t-elle.

— Je suis allé me rendre compte des dégâts dans votre cabine. Votre ardent admirateur a forcé votre porte mais, trouvant la cabine vide, il a manifestement été déçu.

— A-t-il cassé le verrou ?

De la tête, Rolfe fit signe que oui.

— Alors, s'il vous plaît, faites-le vite réparer avant ce soir.

Elle songeait, tout en disant cela, que verrou réparé ou non, elle serait morte de peur de se retrouver seule et exposée à une autre visite de cet importun.

Comme si Rolfe avait suivi le cours de ses pensées, il suggéra :

— Il serait plus raisonnable que vous restiez ici. Comme je vous l'ai déjà dit, vous n'êtes pas à votre place sur ce bateau qui transporte la canaille de Londres. Ces crapules se conduisent encore plus mal à l'étranger que dans leur pays.

Il parlait d'un ton caustique mais Zarina pensait que ce serait décidément une erreur de se quereller avec les Anglais puisque le plus important, pour elle et Rolfe, était de ne pas se faire remarquer afin qu'on ne parle pas d'eux lorsqu'ils auraient quitté le bateau.

— Vous avez raison, répondit-elle rapidement. Si cela ne vous dérange pas que je dorme ici, je m'y sentirai tout à fait en sécurité. Et nous savons que le capitaine appréciera que nous soyons ensemble.

— C'est certainement une chose importante à prendre en considération ! dit Rolfe en riant.

Durant la traversée de la mer Rouge, Zarina fit régulièrement une promenade sur le pont, tôt le matin ou tard le soir. Le reste du temps, il était plus confortable de s'asseoir dans l'une des cabines.

Zarina prenait ses leçons de bengali et persuada Rolfe de continuer à lui raconter ses aventures.

— Vous devriez en faire un livre. Je suis passionnée par tout ce que vous me racontez et je suis sûre qu'il existe des millions de gens qui réagiraient de même.

— C'est une idée, dit Rolfe, songeur. Mais je me demande si quelqu'un, en Angleterre, se soucie vraiment de ce qui se passe à l'autre bout du monde.

— Ils ne désirent peut-être pas quitter leurs confortables maisons, mais beaucoup d'entre eux aimeraient voyager par la pensée et rêver, et c'est cela que vous pourriez leur offrir.

— J'y penserai. Mais pour l'instant, j'ai d'autres aventures en tête, que je pourrai naturellement ajouter à mes souvenirs.

Le cœur de Zarina se serra. Ainsi il continuait à vouloir visiter le Népal. Et peut-être même le Tibet, auquel cas, il ne voudrait pas d'elle.

De plus, elle était persuadée qu'il n'avait pas les moyens de s'offrir de tels voyages.

Que puis-je faire ? se demandait-elle. Que puis-je faire pour lui montrer qu'il a besoin de moi ? C'est à ce moment-là qu'elle se rendit compte que même lorsqu'il était désagréable, elle désirait être près de lui. Elle s'y sentait en sécurité et trouvait passionnant de parler avec lui ou de l'écouter, elle ne pouvait s'expliquer pourquoi. Elle savait seulement que ce qu'elle ressentait près de lui, elle ne l'avait jamais éprouvé avec les hommes qui l'avaient courtisée à Londres et demandée en mariage.

J'ai envie d'être avec lui, de rester avec lui, de parler avec lui... se répéta-t-elle.

Quand elle alla se coucher, elle fut heureuse de le savoir si près d'elle. Si elle avait peur, elle n'avait qu'à l'appeler et il répondrait.

Pendant la journée, ils continuaient à parler du livre qu'il allait écrire. Au moment où ils approchaient des Indes, elle commençait à croire qu'elle l'avait enfin convaincu d'entreprendre cet ouvrage.

Le temps passant, Zarina se prit à souhaiter que le bateau ralentisse et qu'il n'atteigne jamais Calcutta. Rolfe n'était toujours pas sûr de ce qu'il ferait lorsqu'ils arriveraient.

Elle craignait que, dès le premier jour, il ne trouve des gens retournant en Angleterre et qu'il n'insiste pour qu'elle reparte avec eux.

Il serait encore trop tôt pour convaincre l'oncle Alexander qu'elle n'épouserait pas le duc. Et si elle rentrait sans Rolfe, il insisterait pour que leurs fiançailles soient rompues.

Elle était trop anxieuse pour oser obtenir de Rolfe l'assurance qu'il n'agirait pas ainsi. Elle craignait d'apprendre que c'était exactement ce qu'il avait l'intention de faire. Et elle ne pouvait l'obliger à rester avec elle...

La seule chose était de prier sans arrêt pour qu'il ne la quitte pas.

Rolfe était monté sur le pont pour prendre un peu d'exercice. Le soleil commençait à descendre, mais la chaleur avait été insupportable toute la journée et Zarina s'était sentie incapable de faire un effort pour l'accompagner.

« Je reste ici, avait-elle dit, comme il se levait pour y aller, mais ne soyez pas trop longtemps absent. »

« Tirez le verrou si vous avez peur », lui avait conseillé Rolfe.

« Je ne pense pas qu'ils soient déjà ivres à cette heure-ci », avait dit Zarina en riant.

Les Anglais avaient été presque chaque soir désagréablement chahuteurs, mais elle avait l'impression, sans en être certaine, qu'ils ne risqueraient pas une autre incursion dans sa cabine.

Sur le pont, Rolfe fit un footing, puis il parla quelques instants avec le capitaine.

— Il n'y a pas un brin d'air, fit-il remarquer, pour meubler la conversation.

— C'est vrai, dit le capitaine, mais nous avons la chance de n'avoir ni passager ni homme d'équipage atteint de la fièvre comme cela arrive quand il fait une forte chaleur et qu'il n'y a pas de vent. Du moins, c'est ce que j'ai souvent constaté. Et, comme vous le savez, nous n'avons pas de médecin à bord.

Rolfe avait fait assez souvent ce voyage pour savoir que ce que disait le capitaine était vrai. Quand il faisait exceptionnellement chaud sur la mer Rouge, des cas de fièvre qui pouvaient être très dangereux étaient toujours à craindre.

Pensant que Zarina avait peut-être besoin de lui, Rolfe ne s'attarda pas sur le pont. Quand il redescendit, il fut surpris de la trouver assise avec un bébé dans les bras.

— Je suis contente que vous soyez de retour, lui dit-elle, j'ai besoin de votre aide.

— Que faites-vous avec ce bébé ? demanda Rolfe, qui avait reconnu celui de la femme indienne.

— La mère est malade et son père me l'a amené parce que je suis la seule autre femme à bord.

— Mais, qu'attend-il de vous ?

Zarina lui sourit :

— Il faut que je trouve un moyen de nourrir cette petite fille. Sa mère est trop malade et, inutile de le dire, il n'y a ni biberon ni tétine à bord !

— Alors ? Que proposez-vous ?

— J'ai obtenu qu'on m'apporte du lait en poudre, qui n'est d'ailleurs pas très appétissant. J'ai besoin que vous le versiez dans le gant que vous trouverez là, sur la table de toilette.

— Un gant ?

— J'ai fait un trou dans l'un des doigts.

J'espère que le bébé comprendra qu'il doit le sucer.

— Mais c'est très ingénieux! s'exclama Rolfe.

— Je me suis souvenue de ma mère racontant qu'elle avait dû employer le même stratagème pour nourrir un bébé arabe lorsqu'elle voyageait avec papa, expliqua Zarina.

Suivant ses instructions, Rolfe versa avec précaution un peu de lait dans le gant. Au début, la petite fille ne semblait pas comprendre ce qu'il fallait faire. Mais un peu de lait s'écoula par le trou et elle commença à téter faiblement. Au moins avait-elle absorbé un peu de nourriture.

Cela prit un certain temps. Quand la petite eut assez bu, Zarina lui mit sur la langue un peu de miel, qui fut sucé plus énergiquement. Puis elle prit le bébé et le posa doucement sur la couchette.

— Je vois que nous allons avoir ici plus de monde que prévu, dit Rolfe. Je me demande où vous allez dormir ?

— Mais près du bébé, répondit Zarina. Il est si petit, il ne prend pas de place.

— De quoi souffre la mère ?

— Son mari pense qu'elle a attrapé une fièvre et qu'elle est trop faible pour se lever.

Rolfe semblait inquiet.

— J'espère qu'il se trompe. Le capitaine se félicitait justement, il y a un instant, de ne pas avoir de cas de fièvre à bord malgré la chaleur.

— Ne lui en parlez pas, supplia Zarina, j'ai

l'impression que le mari ne veut pas qu'on sache que sa femme est malade.

Depuis qu'elle avait appris un peu de bengali, Zarina avait échangé quelques mots avec le couple indien quand ils se rencontraient dans la salle à manger pour les repas et elle avait été ravie que la jeune femme semble la comprendre. Elle fut encore plus satisfaite de voir qu'elle pouvait traduire ses réponses en anglais.

« Je fais des progrès en bengali », avait-elle dit à Rolfe deux jours auparavant. Mais elle se demandait toujours si elle aurait au moins l'occasion de le parler quand ils seraient aux Indes. Si Rolfe la renvoyait en Angleterre, tous ses efforts pour apprendre la langue le plus vite possible ne serviraient à rien. Et, parce qu'elle redoutait sa réponse, elle ne lui demandait toujours pas quels étaient ses projets.

Cette nuit-là, le bébé dormit paisiblement à côté d'elle dans la couchette. Le lendemain matin, le père manifesta sa gratitude :

— *Mem Sahib*, très gentille.

— Comment va votre femme ? demanda Zarina.

— Mal, très mal, dit l'Indien. Mais, pas dire au capitaine. Lui fâché si quelqu'un malade.

Quand il fut parti, Zarina demanda à Rolfe :

— Pensez-vous que je devrais aller voir la mère du bébé ? Peut-être pourrais-je faire quelque chose pour l'aider ?

— Je vous l'interdis, répondit Rolfe très vivement. Vous devez me promettre, Zarina, de ne pas vous en approcher, vous me mettriez très en colère !

— Il me semble, qu'étant la seule femme à bord, je devrais faire quelque chose pour elle.

— Si c'est le genre de fièvre que je soupçonne, il n'y a rien à faire jusqu'à ce que nous arrivions à Calcutta. Vous l'aidez déjà beaucoup en prenant soin de son bébé.

La petite fille pleurait et paraissait très agitée. Plus tard dans la journée, elle refusa de boire le lait en dépit des efforts de Zarina. La seule chose dont elle semblait avoir envie, c'était d'être portée, bien serrée dans les bras, et promenée sans arrêt. Aussi Zarina fit-elle des aller et retour, sans relâche, dans la cabine qui était très petite et très étroite.

Malgré tout, elle n'osait pas aller ailleurs sur le bateau, de peur que le capitaine ne s'étonne de la voir avec le bébé et ne demande où était la mère.

L'Indien avait encore répété lors de sa dernière visite, tôt le matin, qu'il ne voulait pas que le capitaine sache que sa femme était malade.

— Nous serons à Calcutta demain, et vous pourrez l'emmener chez le docteur, avait dit Rolfe d'un ton encourageant.

L'Indien avait acquiescé de la tête mais Zarina avait eu l'impression qu'il ne le ferait pas.

Comme Zarina s'occupait du bébé dans la cabine, Rolfe sortit faire un tour sur le pont, puis sur la passerelle de commandement.

Sachant que Zarina devait coucher l'enfant avant qu'ils n'aillent à la salle à manger, il redescendit plus tard que d'habitude. Quand il ouvrit la porte, il crut d'abord que la cabine était vide. Puis il s'aperçut que Zarina était étendue sur la couchette avec le bébé dans ses bras. Il s'approcha un peu plus et réalisa que la petite fille était morte.

Pendant un instant il fut terrifié à l'idée que Zarina, dont les yeux étaient fermés, était morte, elle aussi.

7

Zarina ouvrit les yeux, pensa qu'elle était en train de rêver et les referma. Quand elle les rouvrit, elle découvrit qu'elle se trouvait dans une immense pièce, meublée avec raffinement. Elle apercevait des arbres derrière une grande baie vitrée. Étendue sans forces, elle essayait de savoir où elle était. Puis, elle se rendit compte qu'une femme indienne à côté d'elle lui soulevait la tête pour qu'elle puisse boire. Elle avait très soif et le jus de fruits, un mélange de citrons et de mangues, était délicieux.

L'Indienne laissa doucement retomber la tête de Zarina sur l'oreiller et celle-ci fit un effort pour demander :

— Où... où suis-je ?

— Si vous parler, *Mem Sahib*, vous mieux, bientôt, très bien, dit la femme qui sortit de la chambre en hâte, ce qui fit penser à Zarina qu'elle allait chercher quelqu'un.

Mais où suis-je... ? Que se passe-t-il ? se demandait-elle. Elle essaya de rassembler ses souvenirs mais la seule pensée qui lui venait à l'esprit, c'était Rolfe. Où pouvait-il bien être ?

Où était-il parti et pourquoi n'était-elle pas avec lui ? La servante revint avec un homme d'un certain âge. Il s'approcha du lit et prit immédiatement le pouls de Zarina. Elle comprit que c'était un médecin.

— Comment vous sentez-vous ? lui demanda-t-il.

— Combien... de temps... ai-je été malade ?

— Vous avez eu ce que nous appelons « la fièvre de cinq jours », répondit-il.

— Une forte fièvre ? murmura Zarina.

— Oui, très forte, et vous avez plus ou moins perdu conscience, dit le médecin. Tout ce que vous devez faire est maintenant de vous reposer.

— Mais... où suis-je ? parvint à demander Zarina.

— Vous êtes dans la résidence du vice-roi et c'est moi qui vous ai soignée. Me permettez-vous de dire que je suis très fier d'avoir une patiente aussi belle en dépit de ce qu'elle a subi ?

Il était si gentiment flatteur que Zarina s'efforça de lui adresser un sourire.

Le médecin se mit à parler à la servante en bengali et Zarina comprit parfaitement. Il disait que sa patiente devait rester tranquille, qu'il fallait lui donner à manger le plus possible, et aussi beaucoup à boire. Puis il conclut :

— Dans vingt-quatre heures elle sera sur pied.

Pendant qu'il parlait, la servante hochait la tête, en disant « Oui, *Sahib*. ... Oui, *Sahib* » en signe d'obéissance.

Puis le médecin se tourna vers Zarina :

— Je veux que vous mangiez et que vous

buviez autant que vous le pourrez, et je reviendrai vous voir cet après-midi.

Il s'avança vers la porte, puis se retourna :

— Vous pourrez bientôt rejoindre votre mari en bas, dit-il en souriant.

Avant que Zarina n'ait pu lui demander quand Rolfe allait venir la voir, il était déjà sorti. La femme indienne ayant aussi quitté la chambre, elle était seule. Il lui semblait que sa tête était pleine de coton et il lui était difficile d'avoir des idées claires. Elle se souvenait cependant du bateau, et bien sûr du bébé qu'elle avait essayé de faire boire. Et Rolfe... Elle avait besoin de lui. Elle se sentait faible et se disait que sa présence lui redonnerait des forces.

Quand l'Indienne revint, elle portait un plateau avec de la nourriture et le posa à côté du lit. Zarina pensait ne pas avoir faim, mais quand elle eut goûté les mets que la servante lui avait apportés, elle eut envie de manger. Chaque plat était succulent et facile à manger avec une cuillère. Quand elle eut fini, elle se sentit beaucoup plus forte et voulut demander Rolfe. Puis elle réalisa que, s'il avait raconté ici qu'ils étaient fiancés, selon la stratégie adoptée au départ d'Angleterre, ce ne serait pas convenable qu'il vienne dans sa chambre.

Il faut que je le voie, pensa-t-elle avec désespoir, il le faut ! Puis, elle se rappela tout à coup les paroles du médecin : il avait dit « votre mari ». Rolfe avait-il vraiment prétendu qu'ils étaient mari et femme ?

Lentement, lui revint en mémoire l'épisode où ils avaient été mariés par le capitaine. Elle se souvenait d'avoir alors dit à Rolfe que, lorsqu'ils auraient atteint les Indes, il pourrait tout oublier. Ne cessant de retourner tout cela dans sa tête, elle supposa qu'à cause de sa maladie, il avait été obligé de rester au palais du vice-roi. A l'origine, il ne voulait qu'y passer pour prendre son courrier et maintenant il avait dû dire qu'ils étaient mariés.

Cela va le mettre très en colère, pensa-t-elle, et elle se sentit parcourue par un frisson.

Elle avait sincèrement cru que cet étrange mariage, célébré à cause du capitaine qui tenait à vivre « dans le respect de Dieu », pourrait facilement être oublié. A présent, Rolfe avait annoncé qu'elle était sa femme et ils séjournaient dans la résidence du vice-roi, le dernier des endroits où il aurait fallu être.

Cela la contrariait de voir tous leurs plans ainsi bouleversés du fait de sa maladie. Maintenant, il allait être très difficile pour Rolfe de se libérer et elle avait la conviction qu'il lui en voudrait de se retrouver pris au piège.

La servante, après avoir débarrassé le plateau, revint pour baisser les stores.

— *Mem Sahib* prendre bain, faire du bien.

— C'est vrai, cela me ferait plaisir.

Une baignoire fut apportée par plusieurs femmes et posée par terre. Puis elles y versèrent de l'eau parfumée à la fleur d'amandier.

Quand Zarina eut fait sa toilette, aussi confortablement qu'elle l'eût faite chez elle, on l'enveloppa dans une grande et moelleuse serviette-éponge qui ne pouvait venir que d'Angleterre. Deux servantes l'aidèrent à se sécher, puis elles lui apportèrent une de ses chemises de nuit personnelles et Zarina, l'ayant enfilée, retourna dans son lit.

Les draps et les taies d'oreillers avaient été changés pendant qu'elle prenait son bain qui, tout agréable qu'il eût été, l'avait quelque peu fatiguée. Dès qu'elle fut tranquillement installée, Zarina ferma les yeux.

Elle n'avait pas l'intention de s'endormir mais, finalement, elle s'assoupit pendant plusieurs heures. Quand elle s'éveilla, elle se rendit compte que, malgré les ventilateurs, l'air était beaucoup plus chaud.

Quand la servante indienne s'aperçut que Zarina était réveillée, elle partit, en hâte, lui chercher quelque chose à manger. Cette fois, Zarina comprit que c'était le déjeuner. En savourant les plats délicats qu'on lui avait apportés, elle ne pouvait s'empêcher de les comparer à la nourriture qu'on lui avait servie à bord du bateau.

Il n'y avait toujours pas trace de Rolfe. Elle n'osait pas encore le faire demander, de peur de dire ce qu'il ne fallait pas. La servante enleva le plateau, puis descendit un peu les stores.

— *Mem Sahib* dormir. Maintenant tout le monde repos.

Zarina comprit qu'elle lui disait que c'était l'heure de la sieste. Rolfe lui avait raconté qu'aux Indes, tout s'arrêtait après le déjeuner. Dans la fournaise de ces heures-là, les Indiens eux-mêmes se reposaient.

Mais elle venait de dormir et ne se sentait pas du tout fatiguée. Quand la servante l'eut laissée seule, elle resta allongée à détailler la luxueuse chambre à coucher. Elle la comparait aux cabines étriquées et aux rudes couchettes du bateau. Le lit dans lequel elle était couchée était très large. D'un baldaquin doré suspendu au plafond, tombaient des rideaux froncés, en mousseline blanche. Ils étaient retenus de chaque côté par un petit Cupidon doré. L'emblème de l'amour, pensa-t-elle.

La porte s'ouvrit... Alors qu'elle se demandait pourquoi la servante revenait, son cœur bondit quand elle aperçut Rolfe. Elle poussa un cri de joie et se releva légèrement.

— Oh ! Rolfe, s'exclama-t-elle, je mourais d'envie de vous voir.

Il s'approcha... Elle remarqua qu'il s'était préparé pour la sieste car il portait un léger peignoir de coton blanc. Elle le trouva extrêmement beau, en fait, plus beau encore que dans son souvenir. Il resta debout, près du lit, et dit en la regardant :

— J'ai appris que vous alliez mieux. A vrai dire, le docteur me promet que vous serez bientôt sur pied.

— Comment ai-je pu attraper cette fièvre et ruiner tous nos plans ? demanda Zarina. Je suis confuse d'être... une telle gêne... pour vous.

— Vous avez été contaminée par le bébé, expliqua-t-il, ou plus vraisemblablement par sa mère.

— La petite fille ! s'exclama-t-elle. Va-t-elle mieux ?

Rolfe prit les mains de Zarina dans les siennes :

— Elle est morte, dit-il doucement.

— Oh ! Non ! Pauvre petite ! J'ai... essayé... si fort... de la... sauver !

— Je le sais bien, répondit Rolfe d'un ton compatissant.

Il remarqua les larmes sur son visage.

— Pour l'amour de Dieu, ma chérie, ne pleurez pas ! Je vous donnerai un bébé qui sera bien à vous.

Pendant quelques instants, Zarina ne put que le regarder d'un air ébahi ; ses yeux écarquillés semblaient lui manger le visage. Puis elle demanda d'une voix à peine audible :

— Qu'est-ce que... qu'est-ce que vous venez de dire ?

— J'ai tant à vous dire... répondit Rolfe. Et d'abord, mon amour, je dois vous demander de me pardonner.

Zarina sentit toute la pièce tourner autour d'elle, et son cœur emporté dans le même tourbillon.

— Je... Je ne comprends pas, murmura-t-elle.

— Je me suis demandé et redemandé mille fois comment j'ai pu être assez cruel, comment j'ai pu manquer de cœur et de sensibilité au point de vous embarquer sur ce cargo.

— Qu'est-ce... qui... n'allait pas ?

— Rien n'allait... Et ce fut une erreur effroyable de ma part d'avoir pu imaginer un seul instant que belle et raffinée comme vous l'êtes, vous pouviez être confrontée à quelque chose d'aussi épouvantable.

— J'étais en sécurité, avec vous.

Rolfe sourit.

— Je n'ai rien fait comme il fallait. Si vous saviez seulement ce que vous m'avez fait éprouver, vous vous rendriez compte que « en sécurité » est bien le dernier mot à utiliser.

Zarina parut si ahurie qu'il continua :

— Jamais, ma chérie, je ne revivrai la torture que j'ai connue quand vous êtes venue dormir dans ma cabine, si près de moi, et que vous y avez amené le bébé.

— Je craignais que le bébé... ne vous dérange.

— Ce n'était pas le bébé qui me dérangeait, c'était vous !

Elle le regarda d'un air déconcerté, ne comprenant toujours pas.

— J'étais amoureux de vous, ma chérie, avant même que nous n'ayons quitté l'Angleterre. Mais j'étais résolu à ce que vous ne vous en aperceviez pas et à m'en aller, en essayant de vous oublier, quand vous auriez été hors d'atteinte de votre oncle et du duc.

— J'avais si peur... que ce soit votre intention...

— C'est ce que j'étais résolu à faire, ma douce, jusqu'à ce que je réalise que vous m'aimiez.

Les yeux de Zarina rencontrèrent les siens et elle rougit. Elle se rendait compte enfin, tandis qu'il parlait, que ce qu'elle ressentait pour lui, c'était de l'amour. Elle voulait être près de lui, elle était terrifiée à l'idée qu'il pourrait la quitter... Bien sûr, c'était l'amour.

C'était l'amour et elle n'avait pas compris.

Elle avait seulement été désespérément préoccupée par le fait qu'il risquait d'être fâché contre elle.

— Comment... comment avez-vous su que... je vous aimais ? demanda-t-elle d'une toute petite voix.

— Quand je me suis rendu compte que vous aviez été atteinte par cette fièvre, qui est bien connue par ici, je ne pouvais rien faire d'autre, à bord du bateau, qu'essayer de faire baisser votre température. Je vous mettais des compresses sur le front et j'obtins que le capitaine se mette en rapport avec le vice-rci.

— Il a dû être étonné que vous ayez de telles relations, dit Zarina en souriant.

— Quand il a su qui j'étais, il a été très impressionné. Mais l'important était de vous emmener quelque part où l'on vous soignerait bien.

— C'est ainsi que vous m'avez amenée ici, murmura Zarina. Mais... comment avez-vous su que je vous aimais ? répéta-t-elle.

— Quand le bateau est arrivé à quai et que l'on vous a emportée de la couchette de ma cabine sur un brancard, vous ne cessiez de geindre : « Mon Dieu, s'il vous plaît, ne le laissez pas me quitter, s'il vous plaît, mon Dieu, laissez-moi rester avec lui. Je l'aime... je l'aime. »

Zarina rougit jusqu'à la racine des cheveux.

— Vous avez dû vous sentir... embarrassé, murmura-t-elle.

— J'étais fou de joie, répliqua Rolfe. Vous m'aviez dit que vous ne vouliez pas m'épouser mais moi, je vous désirais... je vous désire éperdument maintenant... plus que je n'ai jamais désiré une femme auparavant.

— Oh ! Rolfe ! C'est bien vrai ?

Zarina tendit les bras et Rolfe l'attira contre lui. Il l'embrassa doucement comme s'il avait peur de la blesser. Pour Zarina, ce fut comme si elle était transportée au cœur du soleil et enveloppée d'une lumière d'or. Elle n'avait jamais été embrassée et c'était l'extase. Les baisers de Rolfe étaient exactement ce qu'elle attendait d'un baiser donné par un homme aimé.

Il l'embrassa d'abord tendrement, puis, sentant les lèvres de Zarina frémir sous les siennes, son baiser devint plus possessif, plus passionné. Finalement, il détacha ses lèvres et dit d'une voix douce :

— Il est temps de faire la sieste, ma chérie. Je veux la faire à votre côté. Après tout, nous sommes mariés !

Zarina n'eut pas besoin de répondre. Il vit l'éclat de joie sur son visage et ses yeux qui semblaient remplis d'étoiles. Il enleva son peignoir et se glissa dans le lit à côté d'elle, en l'attirant tout près de lui.

— Je vous aime, mon amour, dit-il. Je vous aime si fort que vous êtes mon unique pensée.

— Je croyais que vous étiez fâché contre moi parce que je vous avais imposé mon argent. Cela vous est-il égal, maintenant ?

Il fallait qu'elle sache la vérité. Pendant un moment, Rolfe ne répondit pas et elle dit rapidement :

— Vous pouvez le donner, vous en débarrasser, en faire n'importe quoi, du moment que vous ne cessez pas de m'aimer.

Rolfe éclata d'un rire très joyeux :

— Cela vous ressemble bien de penser une chose pareille ! Nous possédons, ma chérie, le seul trésor qui soit vraiment important : l'amour.

Puis il l'embrassa de nouveau, l'embrassa jusqu'à ce qu'elle atteigne une extase qu'elle n'aurait jamais imaginée.

Soudain, Rolfe relâcha son étreinte et à sa grande surprise s'écarta un peu d'elle.

— Vous avez été malade, ma chérie, je pense qu'il faut maintenant vous reposer un peu.

Il parlait d'une façon étrange et Zarina poussa un petit gémissement.

— Je ne veux pas me reposer ! Je veux être avec vous, je veux que vous m'embrassiez. Oh ! Rolfe ! Ne cessez pas de... m'aimer.

— Je ne cesse pas de vous aimer, mon amour, mais j'ai peur de vous effaroucher. Je vous désire, ma toute belle, je vous désire éperdument, follement, mais j'essaie de penser à vous.

— Je vous veux, chuchota Zarina. Oh ! s'il vous plaît, Rolfe, encore ! C'est si merveilleux... que je crois être au paradis.

Alors, il l'embrassa de nouveau jusqu'à l'emporter dans un paradis qui n'appartiendrait qu'à eux. Et la pièce se remplit de la lumière de leur amour. C'était comme si un feu s'était allumé en eux, les transformant en êtres proches des dieux.

Un long moment après, Zarina se blottit contre l'épaule de Rolfe qui lui dit :

— Ma chérie, mon amour, je ne vous ai pas blessée ?

— Je ne savais pas... que l'amour pouvait être si merveilleux, chuchota-t-elle. Oh ! Rolfe ! Comment ai-je pu penser à épouser quelqu'un d'autre que vous ?

— Moi, j'étais résolu à ne pas me marier,

répondit Rolfe, mais c'était parce que je ne savais pas qu'il existait au monde quelqu'un d'aussi parfait que vous.

— Je suis sûre que c'est Dieu, et peut-être papa, qui nous ont rapprochés et ont résolu tous nos problèmes, dit Zarina.

Elle revécut la façon dont, par hasard, elle avait quitté Londres pour retourner chez elle et découvrir que le prieuré allait être mis aux enchères, le lendemain. A vingt-quatre heures près, elle aurait facilement pu passer à côté de son destin. Elle n'aurait pas rencontré Rolfe qui serait retourné aux Indes. Elle frissonna en pensant qu'il s'en était fallu de peu qu'elle ne connaisse jamais cet incroyable bonheur.

Elle posa sa main sur celle de Rolfe, comme pour le tenir plus près d'elle :

— Je vous aime... Je vous aime, et si nous devions vivre ensemble dans une caverne... je serais aussi heureuse que je le suis maintenant.

— Si vous croyez que je vais prendre le risque de vous perdre à nouveau, vous vous trompez. C'est à cause de mon entêtement que vous êtes tombée si gravement malade et j'ai eu terriblement peur de vous perdre. Si vous étiez morte, je n'aurais plus eu de raison de vivre.

— Voilà comment j'ai toujours souhaité que quelqu'un m'aime, dit-elle. Pour moi-même.

— Comment pourrait-il en être autrement ? répliqua Rolfe. Il n'y a pas une personne au monde plus courageuse et plus intelligente que vous. Je me suis rendu compte, sur ce bateau de malheur, de quelle trempe exceptionnelle vous êtes faite.

Il lui embrassa les cheveux et continua :

— Vous ne vous êtes jamais plainte de l'épouvantable nourriture, ni de l'inconfort, ni de ces passagers grossiers et désagréables.

— J'aurais aimé... sauver la petite fille, dit Zarina. J'ai essayé...

— Personne n'aurait pu faire davantage. Quand je vous ai vue avec le bébé dans les bras, j'aurais voulu me mettre à genoux et vous adorer.

Zarina fit entendre un petit rire.

— Si c'est ce que vous pensiez à ce moment-là, vous cachiez bien votre jeu, car j'avais très peur que vous ne soyez furieux contre moi et que vous ne me quittiez dès que nous serions arrivés aux Indes.

— Si vous croyez que vous allez pouvoir m'échapper, vous vous trompez, dit Rolfe. A propos, pour être sûr que vous êtes bien à moi, j'ai envoyé l'annonce de notre mariage au *Times* et au *Morning Post*.

Il lui sourit avant d'ajouter :

— Quand votre oncle la lira, il saura qu'il n'est plus votre tuteur et qu'il n'a plus aucun droit sur vous.

— Vous le remplacez, dit Zarina doucement en pressant ses lèvres contre l'épaule de Rolfe.

Une flamme brillait dans ses yeux alors qu'il l'attirait plus près de lui. Il fit un effort pour dire :

— Je suis sûr, ma chérie, que je devrais vous laisser vous reposer.

— Je croyais que c'était ce que nous étions en train de faire !

Rolfe éclata de rire.

— D'aucuns pourraient penser autrement,

mais si c'est votre idée du repos, mon trésor, je serais très, très heureux de continuer.

Alors, il recommença à l'embrasser et Zarina eut l'impression qu'ils s'envolaient vers le paradis. La chaleur commençait à diminuer quand Rolfe dit :

— Je suppose que je devrais descendre informer le vice-roi que vous allez mieux. Naturellement, vous ne serez pas encore en état de le rencontrer ce soir, je dînerai donc avec vous, ici, dans votre chambre.

— Pouvez-vous vraiment le faire ? s'inquiéta Zarina.

— C'est bien mon intention.

Il l'embrassa tendrement avant de sortir du lit et d'enfiler son peignoir.

— Y a-t-il quelque chose qui vous ferait plaisir, ma chérie ?

— Rien que vous, répondit Zarina. Oh ! Rolfe ! Est-il vraiment possible d'être aussi heureux et de ne pas en mourir ?

— J'ai l'intention de vous rendre encore plus heureuse, mon amour. Nous en parlerons dès que j'aurai expliqué au vice-roi que vous êtes rétablie et que je l'aurai remercié de vous procurer ici un tel confort.

— Bien sûr, acquiesça Zarina. A propos, qui est-ce ?

— Je pensais que vous le saviez, mais, naturellement, pendant notre voyage vous ne vous attendiez pas à séjourner dans la résidence du vice-roi.

— A en juger par le bateau que vous aviez choisi, je m'attendais à un taudis dans un bas-quartier ou, peut-être, à une cabane de bambou.

Elle le taquinait et Rolfe se mit à rire.

— J'avais pensé à quelque chose de ce genre mais, heureusement, le comte de Dufferin est un de mes lointains cousins. Il ne voyait aucune objection à ce que nous soyons ses invités.

— Cela rend sûrement les choses plus faciles.

Elle pensait que grâce à cela, ils n'auraient pas à payer leur chambre, ce qui évitait que soit déjà soulevée la question de l'argent.

Rolfe se dirigea vers la porte.

— Je ne serai pas long, promit-il. Vous savez, ma chérie, j'ai envie d'être avec vous et j'en avertirai franchement notre hôte.

Quand il fut sorti, Zarina s'enfonça dans les oreillers en pensant que ce qui venait de se passer n'était qu'un rêve... Comment Rolfe pouvait-il l'aimer ? Comment était-il possible que, de l'angoisse d'avoir à retourner en Angleterre toute seule, elle soit passée à la volupté du paradis ?

Ils étaient mari et femme et il n'y avait pas besoin de simuler autre chose.

— Ô merci, mon Dieu, merci !

Sa prière d'action de grâces venait vraiment du plus profond de son cœur.

Elle avait l'impression que son père l'avait dirigée et avait veillé à ce qu'il ne lui arrive aucun mal. Il pouvait être sûr, en tout cas, qu'elle avait trouvé le seul homme au monde qu'elle pouvait aimer et qui pouvait l'aimer.

Peut-être, dans le futur, y aurait-il des difficultés à cause de son argent, mais leur amour était si fort que cela n'aurait pas grande importance.

— Je l'aime ! Je l'aime ! murmura-t-elle.

Zarina prit un bain et, pendant ce temps, son lit fut refait. Elle attendait Rolfe. Elle portait un de ses jolis déshabillés et s'était coiffée. Elle se trouvait beaucoup plus jolie que lorsqu'il était venu la voir après le déjeuner.

Il ne revint pas aussi vite qu'elle l'espérait mais envoya un message disant que le vice-roi avait besoin de lui et qu'il viendrait dès que possible.

Elle avait dormi un long moment avant de recevoir le message. A présent, le soleil se couchait et elle imagina combien la pièce serait romantique quand les chandelles seraient allumées.

Maintenant le vice-roi devait sûrement avoir terminé son entretien avec Rolfe qui allait venir la rejoindre très vite. Elle ne s'était pas trompée. La porte s'ouvrit et il entra, très élégant dans un costume blanc qu'elle ne l'avait jamais vu porter auparavant.

Il tenait à la main un bouquet de fleurs. Il s'assit devant elle et elle remarqua que c'étaient des fleurs blanches. Des lis, des roses, des orchidées, mélangées pour composer ce qui aurait pu être un parfait bouquet de mariée.

— Sont-elles pour moi ? Comme elles sont belles !

— Elles sont pour ma femme et c'est le premier cadeau que je lui aie jamais fait.

— Merci... merci beaucoup, dit Zarina en souriant.

— J'ai un autre cadeau pour vous, dit Rolfe, ou plutôt deux.

Tout en parlant, il posa devant elle deux petits écrins. Elle les regarda pendant une minute avant d'en ouvrir un et de voir qu'il renfermait une alliance.

— Oh ! Rolfe chéri ! Je préfère cela à n'importe quoi d'autre au monde.

Rolfe sortit l'anneau de son écrin. Puis il embrassa la main de Zarina avant de glisser l'alliance à son doigt.

— Maintenant, vous êtes liée à moi pour l'éternité et il n'y a pas d'échappatoire.

— Je n'ai nulle envie de m'échapper !

— Maintenant, regardez votre autre cadeau.

Elle ouvrit le deuxième écrin et eut le souffle coupé. A l'intérieur, se trouvait une autre bague. Mais celle-ci était un gros diamant en forme de cœur entouré de brillants.

— Oh ! Rolfe ! Elle est belle, elle est superbe... mais comment avez-vous pu... ?

Elle s'arrêta, craignant que ce qu'elle était sur le point de dire puisse l'embarrasser.

Rolfe termina la phrase à sa place.

— Comment en ai-je eu les moyens ? C'est ce que je vais vous raconter.

Elle le regarda d'un air inquiet. Il lui vint à l'esprit, soudain, qu'il avait peut-être fait quelque chose d'inconsidéré. Il avait peut-être vendu un des trésors du prieuré pour lui acheter ce qui était, manifestement, un bijou de grande valeur...

Rolfe s'assit sur le côté du lit et tira une lettre de sa poche.

— Je viens de recevoir cela de Bennett, dit-il.

— Il vous a écrit ! Mais pourquoi ? Qu'est-il arrivé ?

Elle pensa que cela ne pouvait être qu'un ennui, sinon Bennett lui aurait écrit à elle.

Même s'il écrivait à propos du prieuré, il demeurait son employé.

— Je vais vous la lire, dit Rolfe et après vous pourrez m'embrasser pour me remercier de mes cadeaux.

Zarina n'avait pas sorti la bague de son écrin. Elle la regardait seulement, en admirant la pureté et l'éclat. Mais, en même temps, elle était contrariée. Rolfe sortit la lettre de son enveloppe et la déplia. Lentement, comme s'il voulait savourer chaque mot, il lut :

Monsieur le comte,

J'espère que vous recevrez cette lettre dès votre arrivée aux Indes au cas où ce que j'ai fait ne correspondrait pas complètement à ce que vous auriez souhaité.

Zarina fit entendre un petit gémissement et tendit le bras vers Rolfe. Comme il avait la lettre en main, elle posa la sienne sur ses genoux. Il continua :

Dès que Monsieur le comte et Mademoiselle Zarina sont partis, j'ai fait une inspection approfondie du prieuré pour être sûr que tout avait bien été remis à sa place. J'ai trouvé quelques petites choses qui avaient besoin d'une réparation mais, à part cela, rien d'important. J'ai ensuite visité les caves, pensant que je devrais peut-être refaire le plein de vin avant le retour de Monsieur le comte...

Rolfe s'arrêta pour reprendre sa respiration et regarda un moment Zarina qui l'écoutait avec une extrême attention. Elle était si adorable qu'il ne put s'empêcher de se pencher pour effleurer un instant ses lèvres. Puis, avant qu'elle ne parle, il reprit sa lecture :

En faisant mon inspection dans les caves vides, j'ai constaté dans celle du fond qu'un souterrain très ancien avait été endommagé. La porte avait été cassée et une chaîne, comme celles qu'on utilise pour attacher les malles sur les voitures, y était accrochée.

Rolfe jeta un coup d'œil vers Zarina. Il se rappelait comment il l'avait découverte, ligotée. Comment il l'avait libérée, à l'aide de la hache... Il poursuivit :

Quand j'ai dit à notre menuisier de réparer la porte, nous avons eu la surprise de découvrir qu'elle était en or.

Zarina poussa un cri :

— En or ? Vous avez bien dit en... or ?

— Oui, en or, confirma Rolfe. Voyons la suite...

La porte du souterrain était donc en or massif et j'espère que Monsieur le comte sera d'accord avec ce que j'ai fait.

Comme j'ai pensé que cela devait dater de l'époque de la dissolution des monastères, j'ai fait venir des experts du British Museum pour qu'ils fassent une inspection plus poussée.

Dans les murs de côté du souterrain, ils ont découvert que le trésor des moines avait été emmuré. Ce trésor comprenait deux calices d'or sertis de pierres précieuses, une croix, des gobelets et des bols qui, à ce que disent les experts, devaient appartenir à la table de l'Abbé.

Il y avait aussi d'autres objets tels que des signets et des pendeloques, tous de grande valeur, non seulement historique mais aussi monnayable parce que les pierres elles-mêmes sont très belles.

Le Trésor va être transporté au British Museum en attendant les instructions de Monsieur le comte, cependant que l'or, en grande quantité, est gardé dans un coffre-fort.

Le British Museum estime que la valeur d'un tel trésor peut atteindre un million de livres sterling, voire davantage, une fois que tout sera retrouvé et pesé.

J'espère seulement que les démarches que j'ai entreprises permettront de garder le trésor en sécurité, jusqu'au retour de Monsieur le comte.

Rolfe lut la fin de la lettre et regarda Zarina.

— Je ne peux pas le croire... Vraiment, je ne peux pas ! s'écria-t-elle.

— Moi, je peux, dit Rolfe. Je suis un homme riche, maintenant. Mais, ma chérie, toutes les richesses du monde sont sans importance puisque je vous possède, vous !

Tout en parlant, il se pencha et la prit dans ses bras.

— Je vous aime, dit-il. Quand bien même aurait-on découvert que le prieuré était construit entièrement en diamants et que les champs s'étaient transformés en or, cela aurait été de peu d'importance à côté de votre amour.

— Je vous aime, oh ! oui, je vous aime,

Rolfe ! Maintenant je n'ai plus de souci à me faire à cause de... mon argent.

— Nous pouvons l'oublier. A présent, je peux vous acheter tout ce que j'ai envie de vous offrir et le payer moi-même, dit Rolfe avec l'exaltation d'un petit garçon.

— Vous m'avez déjà donné le soleil, la lune et les étoiles ! En plus, Rolfe, je dois vous dire que j'adore vos bagues et je suis heureuse que vous soyez propriétaire d'un si merveilleux trésor, mais cela ne peut se comparer à vos baisers et à ce que je ressens quand... je... suis... à vous... ! dit-elle en murmurant les derniers mots, cependant que le rose montait à ses joues.

Rolfe la regarda pendant un long moment avant de dire :

— Je vous adore ! Vous avez raison, ma chérie. Nous possédons ce qui est vraiment essentiel : l'amour. Je suis heureux que Bennett ait découvert ce trésor uniquement parce que je peux le partager avec vous et aussi, bien sûr, pour le léguer plus tard à nos enfants.

Zarina vint se blottir contre lui.

— Vous voulez un bébé, n'est-ce pas, ma chérie... Quel endroit pourrait être meilleur pour nos garçons et nos filles que le prieuré, auquel s'ajoutera votre domaine ?

Il l'attira un peu plus près de lui, avant de continuer :

— Je pense que vous devrions rentrer chez nous. Est-ce que cela vous plairait ?

— Oh ! Rolfe ! Pouvons-nous vraiment le faire ? Et les monastères que vous vouliez visiter ?

— Nous reviendrons plus tard. Pour l'instant, je veux vous ramener chez nous. Vous allez avoir à rendre le prieuré aussi beau que lorsque mon grand-père l'habitait ou quand les moines l'occupaient, à l'origine.

— Nous le ferons... Bien sûr que nous le ferons ! s'écria Zarina. Et nous rendrons tous les gens qui travaillent pour nous, ainsi que les villageois et les fermiers, aussi heureux que nous le sommes nous-mêmes.

Tout en parlant, elle prit Rolfe par le cou et attira son visage vers elle. Alors il l'embrassa... Il l'embrassa avec une passion possessive. Il pensait que rien n'avait plus d'importance que l'amour qu'ils éprouvaient l'un pour l'autre. L'amour, venu du ciel de façon inattendue, et qui avait fait d'eux un seul et même être.

Lui qui s'intéressait aux témoignages du passé savait mieux que quiconque que la recherche et les efforts de l'Humanité, tout au long des siècles, ne tendaient que vers un seul but : L'AMOUR.

3218

Composition Gresse B-Embourg
Achevé d'imprimer en France (Manchecourt)
par Maury-Eurolivres
le 10 août 2004.
Dépôt légal août 2004. ISBN 2-290-34002-2

Éditions J'ai lu
84, rue de Grenelle, 75007 Paris
Diffusion France et étranger : Flammarion